7
八男？別鬧了！
Y.A
Kadokawa Fantastic Novels

卡特琳娜
威德林
通稱：威爾
露易絲

伊娜
艾爾文
通稱：艾爾
薇爾瑪
艾莉絲

雖然我刻意講得像是在說客套話，但我是真心認為卡露拉小姐很漂亮。
我一開始覺得她長得有點像我的前女友，
但遺憾的是卡露拉小姐遠比她漂亮多了。
「我還是第一次像這樣被男性稱讚。」
「是嗎？
可能是妳至今遇見的男性，
全都沒什麼眼光吧。」

7

八男？別鬧了！

Y.A

Kadokawa Fantastic Novels

彩頁、內文插圖／藤ちょこ

CONTENTS

八男？別鬧了！⑦

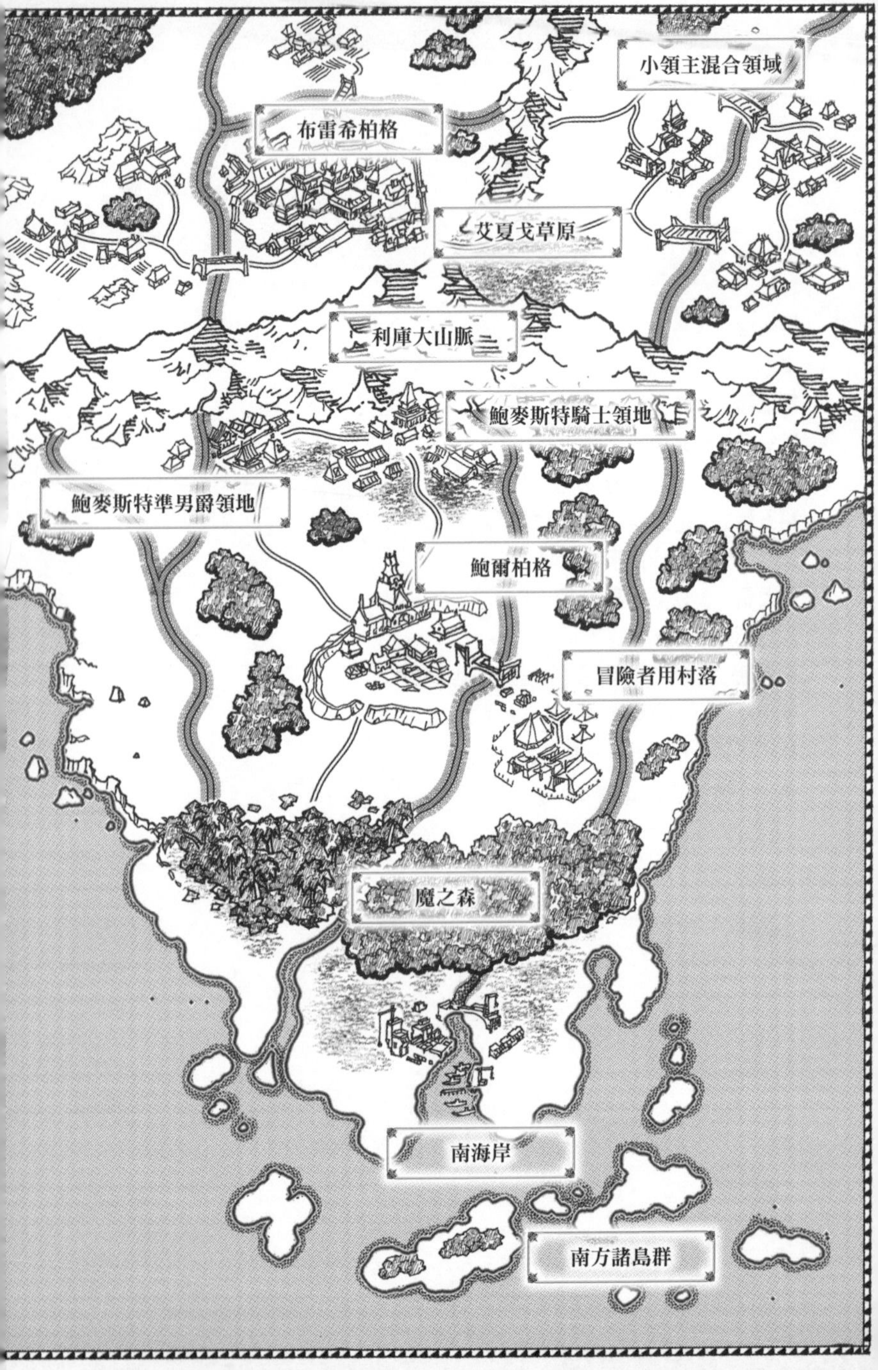
小領主混合領域
布雷希柏格
艾夏戈草原
利庫大山脈
鮑麥斯特騎士領地
鮑麥斯特準男爵領地
鮑爾柏格
冒險者用村落
魔之森
南海岸
南方諸島群

第一話　名為「卡露拉・馮・布洛瓦」的少女

「這不算戰爭吧？」

「是啊，只是紛爭。」

南部的霸主布雷希洛德藩侯家，與東部的霸主布洛瓦藩侯家之間發生了紛爭。

布洛瓦藩侯家以接近奇襲的方式出兵，來不及反應的布雷希洛德藩侯家被迫緊急招募士兵。

兩軍各自帶著附庸的援軍，在位於南部與東部交界的艾夏戈草原對峙。

「接下來雙方會開始交戰嗎？」

「怎麼可能，才不會發生那種事。通常是雙方持續對峙，直到先焦急的一方主動提出交涉……」

兵力是交涉的道具……也可以說是威脅的道具……要是真的打起來，會無法向王國交代，所以才會採取紛爭的形式。

「不是戰爭，而是紛爭啊……雖然感覺只是在玩文字遊戲……」

這個世界的戰爭，是指和北方的鄰國阿卡特神聖帝國之間的戰事。換句話說，已經有兩百年以上沒發生過戰爭了。

所謂的紛爭，似乎是指同一王國的貴族互相爭鬥的狀況。起因可能是爭奪特權，也可能是領地界線的糾紛，因為長期沒發生過戰爭，所以從貴族的角度來看，比起從來沒戰鬥過的阿卡特神聖帝國，他們應該更討厭比較有可能構成威脅的鄰近貴族。

「威德林先生不參戰嗎？」

「嗯——該怎麼辦才好呢？」

「你不曉得該怎麼辦嗎？」

雖然卡特琳娜很驚訝，但坦白講我真的不知道該怎麼辦。我是布雷希洛德藩侯家的附庸，所以或許會被要求派兵援助，但站在王國政府的立場，比起紛爭，開發才是最優先的事項。

「應該以開發領地為優先。」

羅德里希似乎不打算參與紛爭。可見布雷希洛德藩侯和王國政府一定已經達成合意了。

「不過布洛瓦藩侯家試圖擾亂我們的後方。身為貴族，不是應該要還以顏色嗎？」

「這意見真有卡特琳娜大人的風格。不過還以顏色也要花錢。」

再加上現在的鮑麥斯特伯爵家並沒有餘力出兵。我們的警備隊還在組織中，此外還有領地內的警備、狩獵害獸與管理冒險者等工作要處理。

若勉強組織鮑麥斯特伯爵家諸侯軍參與紛爭，就會對領地的開發造成延宕。王家應該也不希望我們採取這種下策。

「而且那些行動並未造成什麼實際損害。我們反而因此獲得了貴重的勞動力。」

「那些人真的沒問題嗎？」

卡特琳娜說的「那些人」，是指那些偽裝成專門獵龍的冒險者集團、企圖在鮑麥斯特騎士領地內掀起叛亂的布洛瓦藩侯家的人。他們徹底中了克勞斯的圈套，還來不及行動就被我們逮捕。

我們將他們當成俘虜，送到鮑爾柏格進行勞動。

那些人在被審訊時完全不肯鬆口，但反正我們知道他們的底細，所以就利用他們來填補不足的勞動力。

「不過居然讓那個人負責管理他們。」

艾爾對將俘虜交給克勞斯管理這件事抱持警戒。

雖然克勞斯現在變成我的部下，但舊鮑麥斯特騎士領地的領民對他還是沒什麼好感。因為在判斷鮑麥斯特騎士爵家無法獨自鎮壓叛亂後，他沒向赫爾曼哥哥報告，就直接將這件事交給我們處理。

儘管就結果而言，克勞斯這麼做是對的，但赫爾曼哥哥和鮑麥斯特騎士爵家警備隊當然還是會覺得不愉快。

雖然克勞斯因為沒向赫爾曼哥哥報告叛亂計畫的事情而受罰，但他還是因此得利。

他的兩個孫女婿將以名主的身分留在騎士爵領地，兩個孫子也將成為鮑麥斯特伯爵領地的新名主。

再加上雖然只是臨時處置，但克勞斯最後甚至得以在鮑麥斯特伯爵家任官。

難怪有人會認為克勞斯是為了在將來比較有前途的鮑麥斯特伯爵家任官，才刻意惹赫爾曼哥哥不高興。

「我們這裡確實人手不足，而克勞斯先生的工作表現也無可挑剔。」

伊娜說得沒錯，我們這裡經常人手短缺，所以多的是職缺可以給像克勞斯那樣的人才。

「唉，克勞斯從以前就很能幹……」

我們今天來到鮑爾柏格的郊外。

這裡有個專門供給糧食的大型農村。這座按照羅德里希的計畫從頭開始打造的農村，今天終於要正式開放。

雖然講開放好像有點奇怪，但既然海水浴場也是用開放，那應該沒什麼問題。

整地後變成正方形的廣大田地、以有效率的方式鋪設的溝渠，再加上住宅的遷移和建設進行得非常順利，所以基礎設施幾乎都已經完成了。

這是將麻煩的部分都交給我和卡特琳娜負責的成果。為了盡快提供糧食給鮑爾柏格，這裡已經開始進行農作。

順帶一提，這個廣大又鄰近鮑爾柏格、條件優越的農村，是由克勞斯的孫子擔任名主。那個人同時也是我的異母哥哥，所以這擺明了是優待。

這是給對鎮壓叛亂有所貢獻的克勞斯的獎賞。要是他因此變得驕傲自滿，或許還能找到他的破綻，但克勞斯對這個村子的開發業務大有貢獻。

當過名主的克勞斯在這方面可以說是經驗豐富，他同時也參與了許多其他村落的開發。

建設村落和城鎮，並非只要準備好必要的設施就算完成。

只要有人居住，就會產生例如行政、徵稅與替居民調停等各種業務和問題。

如果想在解決這些問題的同時，維持村落的營運，就需要一定程度的專門知識，而克勞斯剛好精通此道。

「那個老人真會推銷自己……」

就連羅德里希都為克勞斯的老練感到驚訝。

「不過話說回來，真虧他有辦法順利差遣那些俘虜呢……」

露易絲似乎認為將那些策劃叛亂的人當成俘虜，會產生許多問題。而且負責使喚他們的人，就是克勞斯。

假裝參加叛亂然後背叛他們的克勞斯，被那些俘虜們狠狠辱罵了一頓。然而克勞斯之後依然面不改色地指揮那些俘虜進行勞動，只能說他真的很有膽識。

「威爾大人，差不多該開始了。」

「說得也是。」

在薇爾瑪的催促下，我開始替村子舉行啟用儀式。

話雖如此，這並不是什麼困難的工作。村子的入口掛了紅白彩帶，我只要用刀子切斷那些彩帶就行了。

我的前世，也會在有橋或隧道開通時舉行相同的儀式。

「這個村子落成得遠比預定還要早，只能說真不愧是威德林大人。」

因為是自己的孫子擔任名主的村子，所以克勞斯當然也有參加啟用儀式。

儀式一結束，克勞斯馬上跑來跟我打招呼。

「因為克勞斯擁有的專門知識幫了很大的忙。」

「我沒做什麼大不了的事情。」

克勞斯謙虛地回答，但他果然是個能幹的人。既然都能夠在父親底下擔任名主了，這些事對他來說應該是輕而易舉吧。

「需要開發的村子還有很多，我接下來也會繼續努力。」

「雖然這些話聽起來很可靠，但那些人沒問題吧？」

艾莉絲代替我詢問派那些俘虜去勞動會不會有問題。

所有人都不認為克勞斯會再次煽動他們掀起內亂。

因為大家都知道他不會做這種無意義的事情。

比起這件事，克勞斯的背叛讓那些人非常生氣，所以我們更擔心他們會不會找機會報復。

「夫人的擔心非常合理，但他們目前都很安分。」

「你該不會威脅他們如果逃跑就會被處死吧？」

「並非如此，卡特琳娜大人。我根本不需要對他們做那種事。」

「這是什麼意思？」

「這個嘛……」

僅僅只有約二十人的他們，打算在離布洛瓦藩侯領地非常遙遠的南方之地引發叛亂。

所以他們是被當成敢死隊，簡單來講就是被派來「送死」。

只要我們沒有參加紛爭，這個作戰就算成功。

「於是我告訴他們無論叛亂成功與否，威德林大人都不打算參加紛爭。威德林大人現在忙著開發領地，根本就沒那個閒工夫。」

「喂，這樣的話……」

「大家都變得非常洩氣。」

這也是理所當然。明明賭上性命參加了擾亂後方的作戰，結果卻被告知這一切都毫無意義。

「曾經一度做好捨命覺悟的人，在像這樣獲救後，就會變得意外安分呢。」

「愈堅硬的樹枝，愈容易被折斷。」

「露易絲大人說得沒錯。」

克勞斯趁機利用了陷入沮喪的他們。

他有效率地將那些本來只會吃閒飯的俘虜化為勞動力，藉此提升自己的評價。

大家都對克勞斯的作法感到戰慄。

「他們也經歷了不少事，現在能夠忘記一切認真勞動，對他們來說或許也不嘗是件好事。」

儘管這麼說也沒錯，但我們還是無法坦率接受克勞斯的說法。

＊　＊　＊

「嗯——這下麻煩了……」

儘管開發進行得很順利，羅德里希仍獨自看著文件嘟囔。

「怎麼了嗎？」

我一詢問理由，他就將與輸送物資有關的文件拿給我看。

「有一些必要資材的庫存正急速減少。」

因為是在開發什麼都沒有的土地，所以許多資材都必須從領地外進口。

按照羅德里希的說法，雖然現在勉強還夠用，但隨著開發繼續進行，之後一定會陷入資材不足的狀況。

「原因和紛爭有關嗎？」

「是的，無論戰爭還是紛爭，都會大量消耗物資。」

其中許多物資都與開發的資材重疊。因為兩軍必須互相對峙，而打造野戰陣地也需要建設資材。

「再來就是糧食吧？」

由於是王國貴族的南部與東部霸主之間的紛爭，雙方附庸的兵力加起來，至少也有幾千人。

這麼多人在什麼都沒有的艾夏戈草原對峙，並持續消耗物資與糧食。

光是補給應該就耗費了相當多的勞力。畢竟戰爭最讓人煩惱的就是補給。

「如果只靠馬車運輸，負擔應該會很大。」

「所以要使用魔導飛行船？」

「一定會用到吧。」

「布蘭塔克先生呢？只要讓他像師傅那樣使用魔法袋……」

「要是讓首席專屬魔法師持續留在前線，又會換產生其他問題。」

布雷希洛德藩侯領地非常廣大，所以許多地方應該都是仰賴魔法師來輸送或補給物資。只要偏重其中一個地方，另一個地方就會陷入不足。

「羅德里希先生，艾夏戈草原有水嗎？」

「當然有。只是就算有水，也不一定適合飲用。」

就像艾爾擔心的那樣，士兵光是待在那裡，就會消耗大量的水。

雖然我想他們應該有挖井，但還是有可能遇到分量不足或挖到的水不適合飲用的狀況。

如果情況變成那樣，或許連水都必須靠魔導飛行船運送。

水不僅占空間還非常重，應該會對補給造成很大的負擔。

「來鮑爾柏格的魔導飛行船數量也減少了。」

「這麼說來，的確是變少了。」

實際上，隸屬於布雷希洛德藩侯家的中、小型魔導飛行船，開往鮑爾柏格的班次也減少了。

這是因為他們要開始為在艾夏戈草原與敵軍對峙的同伴補給糧食和水分。

如果只有這些問題，那感覺只要另外從其他地方買就行了。

一個供應商不做了，就再找其他供應商。這種事在我前世的公司經常發生。

「但事情沒有這麼簡單……」

然而這個世界是採取封建主義，或者該說是貴族優先主義？

即使來自布雷希柏格的貨物減少了，也不能輕易增加西部或東部的進口量。

「布雷希洛德藩侯家是我們的宗主兼鄰居。要是只因為紛爭讓他們送貨慢了一點，就開始和其他人交易，那鮑麥斯特伯爵家的汙名將傳遍整個王國。」

雖然鮑麥斯特伯爵領地的開發也能為布雷希洛德藩侯家帶來利益，但他們懇切地提供援助也是事實。

要是背叛他們直接開始和西部或東部交易，我們馬上就會變得臭名遠播。

因此我們無法輕易改變交易對象。

「如果我們和西部的霍爾米亞藩侯家或東部的布洛瓦藩侯家建立起直接的聯繫，布雷希洛德藩侯大人應該會不高興吧。」

「唉，就算不管這個，布洛瓦藩侯家也有其他問題。」

為了不讓我們參加紛爭，布洛瓦藩侯家甚至想在鮑麥斯特騎士領地掀起叛亂。

若向那些人購買開發需要的物資，讓他們因此得利，就等於是在助長紛爭。這樣鮑麥斯特伯爵家應該會遭到許多貴族非難吧。

「關於那些傢伙，有收到什麼回應嗎？」

那些傢伙，是指企圖在鮑麥斯特騎士領地掀起叛亂的假冒險者。

我們姑且按照慣例，向布洛瓦藩侯家確認他們的身分。

「布洛瓦藩侯家表示他們那裡沒有姓名相符的家臣。」

「是棄子啊……」

難怪他們沒向背叛者克勞斯復仇，還以俘虜的身分認真工作。

當然也可能只是大受打擊的他們，現在根本無力去做那種事情。

「雖然利用這點讓他們工作的克勞斯也很有膽識。」

而且他還若無其事地派他們去開發預定將由自己孫子擔任名主的村落。

如果是我，應該會因為害怕他們報復而根本不敢這麼做吧。

克勞斯真的是很有膽識。

但這絕對不是在誇獎他。

「因為這對鮑麥斯特伯爵家有益，所以鄙人也沒辦法多說什麼。」

既然布洛瓦藩侯家都已經不承認他們的存在，就算被當成一般犯罪者處死，他們也無法抱怨，

如今不過是被當成一般勞工派去工作，根本就沒有人會有怨言。

不如說我們還算是很好心了。如果是落入其他貴族手中，他們不是被毫不留情地處死，就是必

須在礦山內工作到死。

「雖然現在開發還算順利，但要是紛爭繼續拖延下去，或許會對進度造成延宕。」

「這樣啊。」

這也是無可奈何。人生本來就偶爾會遇到這種事。

「這表示我的工作會跟著減少，可以更常去魔之森狩獵了吧？」

並非以土木魔法師的身分，而是作為一個冒險者和艾莉絲他們自由狩獵的時間將會增加。

「因為是紛爭，所以也無可奈何。」

「沒錯，畢竟是宗主的紛爭。」

雖然羅德里希贊同我的意見，但他突然將手放在我的兩邊肩膀上說道：

「因為預期之後將產生延誤，所以鄙人打算趁現在盡可能加快工程與開發的進度。期待主公大人能比之前更加努力……」

「什麼──！」

我這根本是自找麻煩。這反而讓羅德里希認為反正工程之後或許會因為欠缺部分資材而停擺，不如在那之前盡可能加快作業進度。

「只要將不需要依靠進口資材、能夠只靠鮑麥斯特伯爵領地自產的資材進行的作業進度提前，就能避免整體的進度延誤。」

「這樣啊……」

羅德里希太過能幹反而產生了反效果。這或許會害我變得比之前還要忙。

「卡特琳娜，事情就是這樣。」

「我也要幫忙嗎？」

「那還用說。我和卡特琳娜現在是一心同體啊。」

「威德林先生，你這搭訕臺詞也太沒情調了吧……」

就算沒情調也沒關係。只要能找到和我一起分擔這些過重勞務的女性，我就會認真地搭訕。

「才沒這種事！我是真的需要卡特琳娜啊！」

「威德林先生……」

「卡特琳娜，就讓將來會結為連理的我們一起努力吧。」

「唉……真拿你沒辦法。」

卡特琳娜紅著臉接受了我的請求。她和外表相反，非常不會應付男性的甜言蜜語。雖然單純是因為她對男性沒有免疫力，但如果是在我前世的世界，她應該是那種典型會被男公關騙的類型。

雖然對她不好意思，但我要利用她來減少我的工作量。

「太好啦——！這樣就能減少很多工作！」

「咦？」

儘管成功獲得卡特琳娜的承諾，但最後羅德里希擬定的殘忍開發計畫，還是讓我增加了一堆工作。

＊　＊　＊

「威爾，今天也是大豐收呢。」

「好久沒以冒險者的身分活動了。」

今天我剛好休假，所以便久違地與大家一起去魔之森狩獵。

就在大家開心地帶著成果回家時，我們發現羅德里希一臉凝重地在那裡等待。

「主公大人，有客人。」

「客人？是可能引發問題的傢伙嗎？」

如果是普通客人，羅德里希應該不會露出這種表情。

所以就算是我，也看得出來那個客人不是很惡質，就是會帶來麻煩。

「客人叫什麼名字？」

「對方自稱卡露拉．馮．布洛瓦。」

從名字來看，那個人應該是女性，而且她的姓還和目前跟布雷希洛德藩侯家起紛爭的布洛瓦藩侯家一樣。這的確算是麻煩的客人。

我前往她等候的客廳，在那裡發現一名美少女。

對方是個不愧藩侯家千金這個身分的美麗女性，年齡則是和我們差不多。

她穿著大貴族家千金特有的豪華禮服，姣好的身材搭配美麗的長黑髮，讓人稍微聯想到大和撫子。

而且她……

「您就是鮑麥斯特伯爵大人吧。我叫卡露拉・馮・布洛瓦。是布洛瓦藩侯的女兒。」

「我是鮑麥斯特伯爵。」

因為我的地位比較高，所以要表現得較為傲慢，但其實我無法抑制自己的動搖。

理由是這位名叫卡露拉的女性，長得和我前世交往過的女性很像。

那個人是典型的日本女性，所以當然不可能和這個西洋風格世界的女性非常相似。

只是兩人的背影、身材和氣質很像，讓我不自覺地想起以前的事情。

「怎麼了嗎？鮑麥斯特伯爵大人。」

「沒什麼，只是我不曉得原來布洛瓦藩侯大人有位這麼漂亮的千金。」

我以前住王都時沒和布洛瓦藩侯見過面，至今也都對他沒什麼興趣。

所以就算不知道他的家族成員……也是情有可原。

「哎呀鮑麥斯特伯爵大人真會說客套話。」

「不，我是真的這麼認為。」

雖然我刻意講得像是在說客套話，但我是真心認為卡露拉小姐很漂亮。

我一開始覺得她長得有點像我的前女友，但遺憾的是卡露拉小姐遠比她漂亮多了。

「我還是第一次像這樣被男性稱讚。」

「是嗎？可能是妳至今遇見的男性，全都沒什麼眼光吧。」

我本來只是把這段對話當成貴族的社交辭令。

「好痛！」

然而因為我太過稱讚卡露拉小姐，不知不覺來到我視覺死角的露易絲，用力捏了一下我的屁股。

「鮑麥斯特伯爵，您怎麼了嗎？」

「不，沒什麼……（露易絲！這樣很痛耶！）」

我小聲向從卡露拉小姐看不見的地方捏我屁股的露易絲抱怨。

「（威爾，對方長得很漂亮真是太好了呢。）」

「（這只是貴族之間的社交辭令，算是在客套話的範圍內……）」

「（真的嗎？總覺得有點可疑……）」

卡露拉小姐長得和我前世的戀人很像，露易絲似乎看穿我因此變得有點興奮，讓我心裡緊張了一下。

「咳……話說卡露拉小姐找我有什麼事嗎？」

「是的，我這次是代替父親布洛瓦藩侯，來視察鮑麥斯特伯爵領地。」

明明前陣子才剛引發那樣的事件，這女孩依然表現得若無其事。

真像個貴族……這也是只有大貴族才辦得到的事情。

亦即厚著臉皮做出大膽的行動。

「喔……來視察啊。」

「是的，希望能將這次的視察，作為將來開發布洛瓦藩侯領地時的參考。」

羅德里希笑著向卡露拉小姐搭話，但他的眼神中並沒有笑意。

畢竟我們的開發進度可能會因為布洛瓦藩侯家延遲，所以這也是理所當然。

然後即使承受來自羅德里希的壓力，卡露拉小姐看起來依然毫不動搖。我心想「大貴族的女兒真是有膽識」。

「現在鮑麥斯特伯爵家和布洛瓦藩侯家之間，的確有件重要的事情還懸而未決。我希望能盡可能幫忙解決這件事情。」

這句話，讓卡露拉小姐獲得了滯留在鮑麥斯特伯爵領地的權利。

她是布洛瓦藩侯的代理人，並且打算解決在鮑麥斯特騎士領地發生的事件。

擁有這種權限的她，就相當於外交特使，要是不好好招待她，會有損我的名聲。

「此外聽說由於前陣子的騷動，鮑麥斯特伯爵領地的開發資材現在似乎有所不足？如果您不介意，我可以為您介紹東部的商人。布洛瓦藩侯家不會吝於協助仲介。」

然後她……正確來說是布洛瓦藩侯家，果然也想和我們做生意。

他們應該無論如何都想分到開發未開發地的特權吧。

而且還是趁布雷希洛德藩侯不在的期間。

「因為這些事情都不容易解決，所以我或許會待在這裡一段時間。之後還請多多關照。」

「好的……」

就這樣，我們手邊多了個名叫布洛瓦藩侯家千金的燙手山芋。

＊＊＊

「總覺得……來了個明顯有古怪的傢伙。」

「簡直就像是臉上直接寫著『我很可疑』一樣。」

所有人都贊同伊娜和露易絲的意見。

最後卡露拉小姐被當成鮑麥斯特伯爵家的貴賓，並住進官邸。

雖然我們當然有派人監視她，但布洛瓦藩侯家的女兒不可能親自進行破壞活動，所以這只是為了慎重起見而已。何況她是獨自前來，我不覺得她有辦法作什麼。

根據報告，她目前正在客房裡整理行李。即使如此，真虧她有辦法一個人來到這裡。雖然正常來講不可能發生這種事，但如果她是密使就有可能。

我和大家一起討論該如何處置她，伊娜馬上道出所有人的心聲：

「羅德里希先生，那個人真的是布洛瓦藩侯的女兒嗎？」

「伊娜大人，這是事實。不如說，她沒辦法在主公大人面前撒謊。」

都派女兒來當交涉代理人了，要是被發現是冒牌貨，布洛瓦藩侯家將會名譽掃地。因此她應該是布洛瓦藩侯的女兒沒錯。

「不過，這背後的確是有點複雜……」

艾莉絲似乎知道她的事情。

「怎麼說……該不會她其實不是布洛瓦藩侯的親生女兒？」

為了討我歡心，而從親戚或家臣當中找漂亮的少女當養女嗎？

這在以戰國時代為背景的電視劇中，是常見的設定。

「不，她的確是布洛瓦藩侯的女兒。只是至今都沒被認領而已。」

根據艾莉絲的說明，在王都有個叫班卡家、連官職都沒有的貧窮騎士爵家，那裡的女兒是布洛瓦藩侯滯留王都時非公認的愛人。

「那個人就是卡露拉的母親嗎？」

「像布洛瓦藩侯家那樣的大貴族家，居然沒有認領她？」

對方再怎麼說都是騎士爵家的女兒，如果生的是男孩也就算了，女兒只要讓她嫁人就行了。按照卡特琳娜的說法，通常這種情況馬上就會認領。

「布洛瓦藩侯是個怕老婆的人。要是他擅自在王都和愛人生下小孩，之後一定會被妻子責備。所以雖然他似乎有提供最低限度的援助，但並沒有認領對方。」

「結果現在卻突然認領卡露拉，真是可疑。」

吧。

「不管怎麼想都很可疑呢。」

我也贊同薇爾瑪和卡特琳娜的意見。

不惜被可怕的妻子責備也要認領和愛人生下的女兒，大概是想將她和我送作堆，藉此扭轉情勢吧。

「畢竟卡露拉小姐長得很漂亮啊。」

雖然和艾莉絲是不同的類型，但卡露拉小姐也是個大美女。我現在還很年輕，所以對方一定是認為能靠女色讓我上鉤吧。

布洛瓦藩侯真是個失禮的傢伙。

「總而言之，我只要別和她扯上關係就行了吧。」

要是不小心和她走得太近，或許會傳出奇怪的謠言。

這麼一來，或許會惹溺愛孫女的霍恩海姆樞機主教，以及本來就因為無意義的紛爭感到煩躁的布雷希洛德藩侯生氣。

她長得和我以前的戀人很像這點也有點討厭。要是隨便接近她並真的喜歡上她會很麻煩，所以還是找個人專門負責照顧她吧。

「事情就是這樣，有人自願要照顧她嗎？」

雖然我請願意照顧卡露拉小姐的人舉手，但大家都沒有反應。

「伊娜呢？」

「我不太想和複雜的事情扯上關係……」

「我面對大貴族的千金小姐會緊張，所以不行。」

卡露拉是大貴族的女兒，所以伊娜和露易絲似乎都不太喜歡她。雖然她原本是騎士爵家的女兒……但現在的確是大貴族之女。

艾莉絲就更不用說了。她之後將成為我的正妻，不能有任何閃失，所以也沒辦法讓她照顧卡露拉。

「薇爾瑪呢？」

「我也有聽說她的傳聞，所以不太會應付她。」

以前住在王都的薇爾瑪，也知道卡露拉小姐的出身，對方應該也知道薇爾瑪的事情，所以薇爾瑪好像不太願意照顧她。

「那麼……卡特琳娜呢？」

「威德林先生，我已經是貴族了。」

這麼說也對。

卡特琳娜已經是榮譽準男爵了，讓她負責照顧卡露拉小姐也有點奇怪。

「雖然這其實是個和布洛瓦藩侯家的千金交流的好機會……真遺憾呢……」

「威爾大人，不能交給卡特琳娜。她或許會被卡露拉小姐籠絡。」

「薇爾瑪小姐，這再怎麼說都不可能吧？」

儘管我覺得不太可能，但剛成為貴族的卡特琳娜還有點興奮過頭，要是被對方趁虛而入會很麻煩。這樣女性成員就全都不行了……只剩下……

「我——讓我來！派我去就行了！」

此時至今一直保持沉默的艾爾，突然大聲舉手回答。

「讓艾爾去？」

「我是男性，所以只能在卡露拉大人的房間前面護衛。不過她外出時，也需要護衛吧？畢竟她是『闖出大禍』的布洛瓦藩侯家的女兒啊。」

只要是鮑麥斯特伯爵家的家臣，沒有人不知道之前那場叛亂未遂事件的始末。

要是卡露拉小姐說了什麼失禮的話，在最壞的情況下，或許會有人想私自制裁她。

艾爾的提議非常有道理，她確實需要護衛……

「艾爾，真虧你有注意到這件事。那就拜託艾爾……」

「威爾，等一下！」

「伊娜，有什麼需要擔心的事情嗎？」

「艾爾，你該不會想搭訕卡露拉小姐吧？」

「啊～有這個可能！」

認識久了以後，就會變得能看穿彼此的行動模式……

我無法全盤否定伊娜和露易絲的疑慮。

「討厭啦，露易絲和伊娜。我明明只是覺得身為鮑麥斯特家的家臣，必須要好好保護前來交涉的布洛瓦藩侯家的千金。」

「……」

喂，艾爾！你是吃了什麼奇怪的東西嗎？

啊，不過我們每天吃的東西都一樣……

「「「「……」」」」

不只是我，艾莉絲她們也都被艾爾反常的舉動嚇了一跳。

這也難怪……畢竟他就像是完全變了個人。

「威爾……不對，主公大人，請讓我擔任卡露拉大人的護衛。」

「艾爾文先生，交給你真的沒問題嗎？」

卡特琳娜，雖然艾爾看起來的確是有點反常，但這樣說也太失禮了吧？

「哈哈哈，卡特琳娜大人，您到底在說什麼啊。」

「……威德林先生，交給你決定吧。」

因為艾爾表現得實在太奇怪，卡特琳娜露出不想理他的表情。

「呃，如果是派艾爾去，對方或許也會比較方便跟我們聯絡，不如就交給他吧。」

「感激不盡。」

不管是誰，都看得出來艾爾非常開心。

我從他的表情發現一件事。

那就是艾爾已經喜歡上那個對鮑麥斯特伯爵家來說是個不定時炸彈的卡露拉小姐。

毫無結束跡象的紛爭、卡露拉小姐這個包袱，以及艾爾門不當戶不對的戀情。

看來我命中注定就是會持續被捲入麻煩事。

中場一　艾爾的心上人

太好啦！

威爾任命我擔任卡露拉大人的護衛了！

這樣我就有理由一直和她在一起了。

沒錯，我在見到卡露拉大人的瞬間，就感受到前所未有的衝擊。

無論是在老家發現漂亮的女孩子，或是在冒險者預備校向可愛的女孩子搭話時，我都不曾感受到這種衝擊。

這一定是我的初戀。

我以前對其他女孩產生的感情，都不算是戀愛。

雖然只是護衛，但我從明天開始就能一直待在她的身邊，再也沒什麼比這更令人高興了。

「不過她是布洛瓦藩侯家的女兒啊……」

比起他們和鮑麥斯特伯爵家是敵對關係這點，身分差距的問題要更加嚴重。

雖然我不在意身分差距……但在伊娜常看的書裡，有身分差距的戀人都不容易修成正果。

即使如此，我還是想要努力。
儘管不曉得這段戀情能不能實現，但如果不努力看看，感覺我一定會後悔一輩子。
而且這段戀情也不是完全沒有突破點。
她原本只是騎士爵家的女兒。
只要想辦法利用這點……可惡，光靠我的腦袋根本想不出好方法。
總而言之，現在必須多找機會和卡露拉大人說話取得情報。
就這樣，我開始擔任卡露拉大人的護衛。

「我是艾爾文・馮・阿尼姆，之後將負責擔任卡露拉大人的護衛。有事請儘管吩咐我。」
我很快就去跟她打招呼。這麼做應該沒錯吧？
應該沒有顯得失禮吧？
不管做什麼，第一印象都很重要。
「我是卡露拉・馮・布洛瓦。之後要麻煩你照顧了。」
卡露拉大人也跟我打招呼。嗯，她的聲音真好聽。和她相比，伊娜和露易絲的聲音簡直就像是青蛙叫。
「艾爾文先生。」
「卡露拉大人，請直接叫我艾爾吧。親近的人都是這麼叫我。」

「這樣啊……艾爾先生。」

真不錯。比薇爾瑪那粗魯的聲音要好聽一萬倍。

「艾爾先生，請你也直接叫我卡露拉吧。」

「呃，可是……」

雖然我也很希望能這樣叫她，但卡露拉大人是藩侯的女兒，這樣會不會太失禮了？

「艾爾先生，我以前不過是貧窮騎士爵家的女兒，直到最近才匆匆被認領。所以請你不用介意，除了正式場合以外，都可以直接叫我卡露拉。」

真是個好人。她的人格比那個總是嚷嚷著貴族該如何的卡特琳娜要好上一億倍。

而且她剛才說除了正式場合以外。

這表示目前只有我直接叫她的名字。

我該不會很有希望吧？

「卡露拉小姐。」

「是的。」

試著叫一次後，卡露拉小姐笑著回應我。

那個笑容，對我來說是最大的救贖。

好——！我要努力和她變得更熟！

我決定要從那些可惡的人手中保護她，同時努力和她培養感情。

隔天早上，我比誰都要早起，急忙趕到卡露拉小姐借宿的房間外面。

卡露拉小姐在換好衣服後，走出房門。

「早安。」

「妳真是早起。」

「嗯，因為我習慣了。」

「咦？妳今天的打扮和昨天不太一樣呢。」

卡露拉小姐昨天還穿著符合大貴族千金身分的豪華禮服，今天卻換成了彷彿接下來要去狩獵般的服裝。

雙手拿著弓箭、看起來威風凜凜的她也很棒。

果然漂亮的人不管穿什麼都好看。

我對她愈來愈著迷了。

「我從鮑麥斯特伯爵大人那裡獲得了許可。早上要進行弓箭訓練。」

「弓箭訓練？」

藩侯的女兒進行訓練……對了，她原本是騎士爵家的女兒。

「我以藩侯之女的身分活動，是最近這一年的事情。在那之前，因為老家非常貧困，所以我們母女過的生活絕對不算好。為了獲得肉，我經常像這樣去狩獵。」

這樣啊。會狩獵的卡露拉小姐，嗯，感覺真棒。連興趣都和我這麼契合，這一定是神的旨意。咦？薇爾瑪也會狩獵？卡露拉小姐遠比她可愛多了。

「弓箭訓練啊。」

「是的，我不想讓身手變生疏。不過要是在布洛瓦藩侯家這麼做，大家都不會給我好臉色看。」

「我想也是，畢竟妳是布洛瓦藩侯家的大小姐。」

「沒錯，我真的很困擾呢。」

卡露拉小姐發自內心困擾的表情也很棒。

「既然如此，我也一起來練習吧。因為我平常都比較偏向做劍術訓練。」

「好的，請務必和我一起訓練。」

請我務必一起訓練啊，居然是卡露拉小姐主動邀請我……

這已經能算是約會了吧。

和卡露拉小姐一起練習弓箭，比和威爾練習要好上一億倍。

好──我一定要好好表現給她看。

我帶著弓箭，和她一起前往中庭。

「卡露拉小姐的箭術真好呢。」

「畢竟是為了生活。」

和卡露拉小姐一起做弓箭訓練後，我發現她的箭術非常不得了。

箭矢接連命中靶心。

可以確定我和威爾根本不是她的對手。

「妳一定練習很久了吧。」

「因為是為了生活，所以技術自然會變好。」

卡露拉小姐在射完預定的箭數後用毛巾擦汗，同時如此回答。那個身影實在太美，讓我忍不住看呆了。

「再來換艾爾先生。」

「啊，好的。」

我在聽見卡露拉小姐的聲音後恢復清醒，瞄準箭靶射出和她一樣的箭數。

不過……我的技術還是贏不了卡露拉小姐。

「艾爾先生的箭術也不錯呢。」

「不，還是比不上卡露拉小姐。我真想向妳請教要怎麼做，才能變得像妳那麼厲害。」

「下次有機會，我再教你訣竅吧。」

「謝謝。」

卡露拉小姐願意教我射箭。這讓我開心到快要升天了。

「鮑麥斯特伯爵大人好像很忙呢。」

「是啊，畢竟才剛要開始開發領地。」

我繼續擔任卡露拉小姐的護衛。

話雖如此，我也沒做什麼大不了的工作。

原本最讓人擔心的，就是鮑麥斯特伯爵家的家臣可能會因為之前的叛亂未遂事件對卡露拉小姐口出惡言，但大家都很忙，根本沒空理會卡露拉小姐。

威爾也以開發領地和陪艾莉絲她們為優先，所以除了用餐時聊個幾句以外，都沒和卡露拉小姐進行交涉。

艾莉絲雖然以前好像認識她，但也只用社交辭令和她打過招呼就沒下文了。

這也是理所當然……要是真的開始交涉，卡露拉小姐可能就會提出要和威爾結婚。

因為擔心找不到機會交涉的卡露拉小姐可能會為了打破困境而對威爾使出美人計，羅德里希先生完全不讓她有機會接近威爾。

若不小心讓威爾和卡露拉小姐在一起，會讓布雷希洛德藩侯感到不安，至於布洛瓦藩侯家，應該會大肆宣傳兩人非常相配吧。

雖然我不認為卡露拉小姐會主動做出那種事，但她或許無法違抗布洛瓦藩侯的命令。

……總而言之，這狀況真令人心煩……

儘管我今天和卡露拉小姐一起在鮑爾柏格的市區喝茶，但想不出該怎麼做才能和她變親近的我，或許正感到焦急。

「卡露拉小姐，這間店的蛋糕很好吃對吧？」

「嗯，的確如此。」

我根本就不曉得哪間店的蛋糕好吃。我只是從曾經和威爾他們在狩獵完後去過的店裡，挑一間感覺最好吃的店而已。

幸好卡露拉小姐似乎喜歡這裡。

不枉我特地替她帶路……奇怪？我們這樣，感覺好像是在約會？

畢竟現在只有我和卡露拉小姐兩個人。

這應該算約會吧，而且卡露拉小姐也沒拒絕。

雖然這個狀況感覺有點不太妙，但我應該和她進展得還算不錯。

我決定忘記嚴苛的現實，享受和她共處的時間。

「鮑爾柏格的發展真是讓人驚訝不已呢。」

「這都是多虧了威爾……鮑麥斯特伯爵大人的魔法。」

唉，對其他貴族來說，這速度應該算是犯規吧。

「所以父親才派我來這裡吧。」

這表示布洛瓦藩侯無論如何都想和威爾建立關係吧。

不過，為什麼卡露拉小姐要坦白告訴我這些呢？

「艾爾先生，一定很納悶為什麼我來這裡後什麼也沒做吧？」

「呃，嗯……」

老實說，我的確覺得很怪。威爾就是看穿這點，才會命令我擔任護衛並監視卡露拉小姐。

「如果我真的是布洛瓦的女兒，應該就會有所行動吧……」

「真正的女兒？」

咦？難道卡露拉小姐其實不是布洛瓦藩侯的親生女兒嗎？

「令人厭惡的是，我們的確有血緣關係。不過我很討厭他明明過去都對我置之不理，事到如今才想要把我當成女兒利用這點。」

這我也能理解。因為我和老家那些家人的關係也絕對稱不上良好。

我和卡露拉小姐，是同病相憐啊……

「我之所以來這裡，是因為無法違抗父親的命令。而且不管再怎麼說，來這裡也比繼續待在那個充滿限制的布洛瓦藩侯家要好。」

卡露拉小姐至今應該都是被當成籠中鳥對待吧。

雖然威爾他們現在依然對她抱持警戒，但這樣還是比繼續留在布洛瓦藩侯領地好吧。

「所以我不打算主動為布洛瓦藩侯家做些什麼。而且紛爭已經開始了。像那種大規模的紛爭，怎麼可能只因為一個小女孩就結束。」

說得也是，畢竟雙方都派出了幾千名士兵對峙。

即使威爾和卡露拉小姐的婚事真的定了下來，紛爭也不可能就這樣解決。

「我沒打算和鮑麥斯特伯爵大人發展成布洛瓦藩侯家期待的那種關係。因為我不想做會讓那些人高興的事情。」

如果事情演變成那樣，只會正中布洛瓦藩侯家的下懷，意思是卡露拉小姐不希望發生那種事啊。

「我覺得鮑麥斯特伯爵大人是個誠實的男性，畢竟連那位艾莉絲小姐都那麼盡心盡力地照顧他，他和其他未婚妻也都處得很好，讓我非常羨慕。」

艾莉絲和卡露拉小姐以前都住在王都，所以互相認識。

此外雖然她沒打算和威爾發展成那種關係，但在看見艾莉絲她們和威爾相處融洽的光景後，她開始覺得羨慕。

這表示卡露拉小姐有想要結婚吧。

「其實我本來不應該說這些的，但一面對艾爾先生就忍不住說出來了。或許是因為艾爾先生個性溫柔，讓人覺得很好溝通也不一定。」

卡露拉小姐邊說邊以優雅的動作喝著瑪黛茶。

她將連對威爾或其他人都沒說過的事情，告訴我一個人。

還說我是個好溝通的人。

有希望！

我和卡露拉小姐非常契合！

光是知道這點，就讓我覺得今天大有收穫。

「今天要不要就這樣順勢一起遊覽鮑爾柏格？雖然這裡不像王都那麼繁榮，但應該能讓妳散散心。」

於是我約卡露拉小姐一起去逛街。

希望這樣能讓為老家的事心煩的卡露拉小姐心情稍微變好一點……這可不是正式的約會喔。

我將來一定會對她提出正式的約會邀請。不過能和卡露拉小姐單獨出門啊……

「艾爾先生，感謝你的關心。」

太好了——！她答應啦！

「那麼，我們走吧？」

「好的。」

我和卡露拉小姐一起探索鮑爾柏格的街道。

雖然對我來說是熟悉的光景，但只要是和卡露拉小姐在一起，就讓我覺得彷彿置身天國。

卡露拉小姐主要是逛生活雜貨、飾品和衣服。

儘管她個性剛毅，但果然還是個女孩子。

「……」

「艾爾先生，怎麼了嗎？」

唯一讓我在意的是，卡露拉小姐看的商品大多是供平民使用的東西。

我還以為她會看更高級的商品。

「如果是在布洛瓦藩侯領地，我應該會看父親或周圍的人說的那些『與布洛瓦藩侯家千金相符的商品』吧。不過我一直以來，都是在過使用這些東西的生活……雖然現在沒辦法買，但希望將來能再次輕鬆地購買這些東西。」

卡露拉小姐微笑地對我說道。

伊娜曾經說過。結婚以後的第一個障礙，就是生活水平的差異。

我和卡露拉小姐雖然因為身分差距而無法結婚，但我們的生活水平幾乎沒有差異。她很會射箭，所以也能一起去狩獵。

這表示我和卡露拉小姐應該能交往得很順利！

在鮑爾柏格逛到傍晚後，我們一起返回官邸，那是段夢幻的時光。

「今天真是謝謝你。感覺久違地找回了過去的自己，讓我很開心。」

我也覺得自己和卡露拉小姐說了很多話，變得更加了解彼此。

雖然之後的路還很難走，但這段時間讓我覺得自己已經朝目標大幅邁進。

「以上就是事情的經過。」

「真是貴重的情報呢。」

我也並非總是在擔任卡露拉小姐的護衛。

從她那裡獲得的情報，都必須向我的主人威爾報告。

雖然做這種像間諜的事情讓我覺得有點對不起卡露拉小姐，但這是因為我認為她不想替布洛瓦藩侯工作。

必須告訴威爾這些事，以避免她被鮑麥斯特伯爵家的人們討厭。

「會不會其實只是她想讓你這麼認為而已？」

羅德里希先生，你這樣講對卡露拉小姐太失禮了。你是因為不曉得卡露拉小姐的苦衷，所以才說得出這種話。

「不過，她並沒有試圖引誘我吧？難道這不是她的目的嗎？」

說得好啊，威爾。

「她也可能是想先讓我們這麼認為，然後再接近主公大人。」

羅德里希先生，她才不會做這麼沒品的事情！

因為那個人對我來說，就像是個天使。

「我覺得應該不是這樣。」

此時出現一個願意相信卡露拉小姐的人。

那就是被威爾找來的克勞斯。

威爾大概是認為他很擅長這種和謀略有關的事吧。

「克勞斯，為什麼你會這麼想？」

「考慮到卡露拉大人的出身，她真的會為布洛瓦藩侯家做到這種程度嗎？聽完艾爾文大人的報告後，我倒覺得她是希望因行動失敗而被斥責，藉此成為對布洛瓦藩侯家而言不必要的存在。」

「不過她好不容易才成為布洛瓦藩侯家的女兒吧？」

羅德里希先生，卡露拉小姐早就說過她不想成為布洛瓦藩侯家的女兒了。

「那是羅德里希大人的價值觀，我認為這並不適用在卡露拉大人身上。」

克勞斯果然經驗老到。

他正確地掌握了卡露拉小姐的意圖。

「嗯——就算是這樣也沒關係吧。反正我原本就預定盡可能不和卡露拉小姐接觸。繼續維持現狀也沒差吧？這樣也能封住布洛瓦藩侯家的一張王牌。」

「是這樣沒錯……」

在報告結束，羅德里希也接受後，我想起一個煩惱。

那就是即使卡露拉小姐對威爾沒什麼特別的意圖，她果然還是布洛瓦藩侯家的女兒，跟我是不同身分的人。

這個問題該如何解決？

我懷抱著一個重大的課題。

「艾爾文大人，您有什麼煩惱嗎？」

克勞斯向做完報告後準備回到卡露拉小姐身邊的我搭話。

他讓我感到有點警戒。

因為這個人過去幹了不少好事。

雖然他因為立下功績而被威爾任用，但就連羅德里希先生都對他抱持警戒。

然而本人卻一臉若無其事的樣子，就某方面來說真的是很厲害。

「不，還不到煩惱的程度……」

儘管老實告訴他也無所謂，但不能保證克勞斯不會利用這一點。

如果事情變成那樣，或許會給威爾添麻煩。

「我的年紀是艾爾文大人的四倍以上。雖然沒什麼大不了的經歷，但還是足以給年輕人一點建議，有些事情光是說出來就能讓人覺得輕鬆不少。」

被他這麼一說，我就開始想講了。

而且沒什麼大不了的經歷，只是克勞斯的謙遜之詞。

話說真不愧是克勞斯。他很擅長踏入別人的內心。

「其實……」

扣掉身分的差距，我和卡露拉小姐應該非常契合才對。再來只剩下要如何解決這個最大的問題。

光靠我的腦袋，根本就想不出方法。

「家世不相當的戀情啊。我以前也遇過類似的狀況……雖然還不到身分有差距的程度。」

「你也遇過這種情況？」

只要對方說自己也有相同的經驗，就會特別期待對方能提供什麼解決方法。

咦？不過克勞斯有老婆嗎？

既然他有女兒，那應該也有老婆。這麼說來，我好像從來沒見過他老婆。

「雖然對方已經去世，但那個人就是我的妻子。我應該有說過，我本來根本就沒資格繼承名主之位。」

克勞斯跟我一樣，都不是家裡的嫡長子。

「即使是這樣的我，也曾經有過未婚妻……」

對方是附近農家的次女，他們好像曾經約好不管再怎麼貧窮都要一起獨立，然後共同打造一個家庭。

「結果因為哥哥突然猝死，讓我登上名主之位。接著周圍的人便開始說我應該要找個符合名主身分的妻子。」

我的老家也是鄉下，所以知道富農長女的未婚夫本來就經常更換。

「我對此表示反對……就只有這點我絕對不願意退讓，於是便娶了原本的未婚妻馬爾姐為妻。」

喔，他真是下了很大的決心呢。

沒想到克勞斯居然是這麼熱情的人……我也得向他學習才行。

「不過這似乎對馬爾妲造成很大的負擔。導致她年紀輕輕就因病去世了。」

因為周圍的人都抱著「區區農家的次女，有辦法勝任名主夫人這個頭銜嗎？」的想法對她施加壓力吧。如果在我的老家一定也會變成這樣，所以我也能理解。

「雖然我覺得自己或許做了對不起她的事情，但馬爾妲臥病在床時曾說過自己很幸福。就算那可能只是在安慰我，我還是感到非常高興。」

原來如此，克勞斯在第一任妻子病逝後，一直沒有續絃啊。

這算是相當罕見的狀況。通常領主都會幫忙推薦人選……啊，感覺又知道一個威爾的爸爸和克勞斯關係不好的理由了……

「艾爾文大人，希望您將來不會後悔。」

後悔啊……

說得也是。雖然現在還沒辦法，但我希望有一天能向卡露拉小姐告白，並娶她為妻。儘管我還不曉得該怎麼做才好，但我想相信自己的初戀能夠實現。

第二話　鮑麥斯特伯爵家諸侯軍出征

「威德林大人，我有個建議。」

卡露拉小姐來訪一週後，受到陷入紛爭的兩位藩侯持續對峙的影響，領地內開始難以取得必須仰賴進口的資材。

此外還有另一個嚴重的問題。雖然我預定在鮑麥斯特伯爵官邸完成後，和艾莉絲她們舉行婚禮，但如果到時候這場大規模紛爭還沒結束，將會無法舉行儀式。

這是因為我的宗主布雷希洛德藩侯忙著處理紛爭，根本就沒空脫離戰場來參加我的婚禮。話雖如此，如果他不能出席，那將連婚禮本身都無法成立。

簡單來講，就是原本因為覺得無可奈何而將問題置之不理，結果反而陷入更加無路可逃的狀況。

「雖然不到全部，但這個建議應該能解決許多問題。」

雖然克勞斯說得自信滿滿，但感覺還是有點可疑……

要是我因為覺得他的主意不錯而上鉤，難保他不會趁機對我設下陷阱。

「說來聽聽。」

即使如此，想不出其他方法的我還是只能聽克勞斯的建議。

「只要威德林大人參加紛爭就行了。」

「不過……」

「關於鮑麥斯特伯爵家諸侯軍，其實並不需要多少人手。因為威德林大人本人就是最大的戰力。」

「除了我以外，只要再找幾十個人就行了？」

「沒錯，這樣的人數應該湊得出來吧？」

這樣應該是湊得出來，而且如果是這個人數，最麻煩的補給也能變得輕鬆不少。

「再來就是徹底擊潰布洛瓦藩侯家。因為是紛爭，所以不能直接討伐對方，但只要有威德林大人的魔法，應該不難做到這點。」

用我的魔法讓布洛瓦藩侯家一敗塗地，讓他們在交涉時必須大幅讓步啊。

「當家重病，已經為布洛瓦藩侯家帶來很大的動搖。只要獲勝，應該就能讓他們在交涉時提出對我們有利的條件。」

「我們必須要贏嗎？」

「是的，正是如此。」

按照克勞斯的說明，針對之前對方擾亂我們後方的行動，如果我們沒有適當反擊，鮑麥斯特伯爵家以後會被人小看。

「這是貴族之間的面子問題。此外這麼做還能獲得一樣對威德林大人有幫助的東西。那就是戰功。」

即使只是紛爭，贏了還是能提升參戰貴族的名聲。

擁有領地的貴族既是政治家也是軍人，為了守護自己的領地，當然是善戰者比較能獲得好評。因為現在是和平時代，所以只要在紛爭中獲勝，就能得到戰功。

「我可是已經打倒了兩頭龍。」

「那主要是作為冒險者或魔法師的功績。若想終結紛爭，還必須進行交涉，這也和身為貴族的評價有關。威德林大人是新興貴族，趁現在立下戰功，將來一定能派上用場。」

聽到這裡，我發現克勞斯說的話確實很有道理。

「何況直到現在，雙方都只是互相對峙而已。要是就這樣放著不管，不曉得紛爭要到何時才會結束。」

那樣我會很困擾。不僅鮑麥斯特伯爵領地的開發進度會變慢，與艾莉絲她們的婚禮也可能得延期。

「或許對方就是看準這點，才刻意不讓軍隊有所行動。」

是想等布雷希洛德藩侯感到焦急嗎？正因為面臨無法取得開發特權、當家又臥病在床的困境，所以布洛瓦藩侯家才會使出這種最終手段吧。

「只要我們參戰，應該就能為戰況帶來變化吧？」

「正是如此。此外這對威德林大人個人來說，也是個好機會。」

「好機會？」

「就是艾爾文大人與卡露拉大人的事情。」

「……」

艾爾雖然認真地擔任卡露拉小姐的護衛，但大家都看得出來他明顯已經迷戀上卡露拉小姐。我個人是想以朋友的身分替艾爾加油，但兩人的身分差距實在太大，站在鮑麥斯特伯爵的立場，我只能叫他放棄。

艾爾是我在這個世界第一個交到的朋友，所以我知道他這次是認真地喜歡上一個人。

雖然一直以來，他只要看到可愛的女孩子就會馬上過去搭訕，但總是會讓人覺得他其實不怎麼認真。

然而他在面對卡露拉小姐時看起來非常認真。

「唔……好難戲弄他……」

如果是平常的露易絲，一定會趁機戲弄艾爾，但連她都因為發現這點而什麼也沒說。

「不過讓布洛瓦藩侯家在紛爭中敗北，和艾爾與卡露拉能不能在一起有什麼關係？」

「是的，當然有關係。」

若布洛瓦藩侯家在紛爭中落敗，他們應該更會想將卡露拉小姐和我送作堆。

「事實勝於雄辯，只要跟卡露拉大人提起這件事，應該會得到有趣的回應。」

克勞斯難得露出非常愉快的表情。那表情簡直就像是在策劃什麼不得了的惡作劇。

「艾爾，我有話想跟卡露拉小姐說。可以幫我監視一下，別讓其他人聽見嗎？」

「我知道了。」

我帶著克勞斯來到卡露拉小姐借宿的房間，艾爾一臉不安地看向我們。

唉，畢竟克勞斯也在，就算我們看起來像是有什麼企圖也無可奈何。畢竟是克勞斯啊。

「應該不會有不好的結果。」

「我知道了。」

我叫艾爾別擔心後，便與卡露拉小姐會面。雖然克勞斯也在，但這是我第一次和她一對一談話。

「我就單刀直入地說了。鮑麥斯特伯爵家，打算出兵參加這次的紛爭。因為要是紛爭繼續拉長，可能會影響到領地的開發和我的婚禮。更重要的是，我必須協助我的宗主布雷希洛德藩侯。」

這些都是鮑麥斯特伯爵表面上的參戰理由。艾爾有提到卡露拉小姐非常聰明。那麼，布洛瓦藩侯到底命令她這時候該怎麼對應呢？

「您要出征嗎？祝您武運昌隆。」

「咦？」

這回答真的讓我嚇了一跳。就連克勞斯都顯得有點吃驚。

我這次出征，可是為了要擊垮卡露拉小姐的老家布洛瓦藩侯家啊……

難不成布洛瓦藩侯軍有什麼能夠打敗我們的祕密武器？

「鮑麥斯特伯爵大人，我們就別再互探底細了。」

就算她這麼說……

要是我答應了，卡露拉小姐真的會對我說實話嗎？

「鮑麥斯特伯爵大人，我是班卡家的女兒。大多數的人，都很羨慕我能被布洛瓦藩侯家認領。不過即使生活貧困，我還是希望能當班卡家的女兒。您或許會覺得我冷漠，但即使布洛瓦藩侯家在這次的紛爭中敗北，我也無所謂。」

居然被親生女兒討厭成這樣，或許布洛瓦藩侯是個非常壞的傢伙。

「我也可以一起同行嗎？」

「咦？」

我再次嚇了一跳。因為卡露拉小姐居然說要跟我們一起去。

「克勞斯，你怎麼認為？」

「是的，我覺得這樣比較好。」

「為什麼你會這麼想？」

我馬上問克勞斯理由。只會魔法的我完全搞不清楚狀況。

「卡露拉大人是為了與威德林大人交涉才會來到這裡。因此即使讓她待在威德林大人身邊，也不會顯得不自然。反倒是若讓她繼續留在這裡，才會造成問題……」

要是她趁我們不在的時候亂來也很麻煩……若因為叛亂未遂事件而生氣的家臣對她口出惡言，

那也是個問題。還是將她留在我們視線可及的範圍內比較好。

「而且也能造成布洛瓦藩侯家那邊的混亂。」

「混亂？」

「是的，從布洛瓦藩侯家這次的行動來看，與其說不協調，不如說命令系統不只一個。」

「派卡露拉小姐來這裡是布洛瓦藩侯本人的命令，不過他臥病在床，應該並沒有體力指揮士兵……」

換句話說，出兵的是打算爭奪當家之位的那些繼承人。

「要是卡露拉大人待在我們的陣地，對方或許會認為她是背叛者。」

「反過來說，也可能會認為能透過她和我們交涉。」

無論如何，這都有助於我們掌握布洛瓦藩侯家那邊的行動。

「（紛爭結束後，被布洛瓦藩侯家視為背叛者的卡露拉小姐或許會被逐出家門。這樣在各方面都對我們有利吧？）」

克勞斯輕聲對我如此說道，不過真不愧是克勞斯。他在公私兩方面都為我準備好理由後，才建議我出兵。光靠鮑麥斯特騎士爵家，果然無法駕馭克勞斯的才能。

「我知道了，就讓卡露拉小姐也一起參加吧。」

「雖然應該不太可能讓我上前線，但我能幫忙處理救護、做飯和洗衣服等工作。我是貧窮貴族的女兒，所以請盡情使喚我吧。」

就這樣，我決定讓鮑麥斯特伯爵家諸侯軍出征。連同克勞斯的那些話一起告訴艾爾後，他也顯得幹勁十足。

「等著吧！布洛瓦藩侯家！我會好好送你們上西天！」

雖然晚了一點，但鮑麥斯特伯爵家也參加了布雷希洛德藩侯家與布洛瓦藩侯家之間的紛爭。

＊　＊　＊

「主公大人，留守的工作就交給我。祝您武運昌隆。」

「交給你了。」

我們在羅德里希的送行下，前往位於北方的艾夏戈草原。

我以前沒去過艾夏戈草原，所以無法使用「瞬間移動」。

這時候就輪到魔導飛行船登場了，但鮑麥斯特伯爵家擁有的小型魔導飛行船得用在開發領地和運輸上，所以無法使用。

於是我們向阿姆斯壯導師的次男，以商人身分擁有飛行船的亨瑞克租借船隻，請他送我們一程。暫時和他締結了傭船契約。

「鮑麥斯特伯爵大人，我來迎接您了。」

「辛苦了。像這種時候，小型魔導飛行船果然很方便呢。」
「它的優點就是使用起來非常靈活。」
此外在空無一物的草原降落時，小型船也比大型船方便。
「不好意思，在正適合賺錢的時候麻煩你。」
「別這麼說，我已經賺夠本了。那麼，人數都如同預定嗎？」
除了原本的固定班底以外，克勞斯和卡露拉小姐，以及由莫里茲率領的鮑麥斯特伯爵家諸侯軍也會一起同行。
總人數約五十人，以伯爵家的諸侯軍來說，這人數算是非常少。
不過對現在的鮑麥斯特伯爵家來說，這個人數就是極限了。而且其中約二十名成員，還是非常有問題的傢伙。
那就是曾參與叛亂未遂事件的布洛瓦藩侯家的前家臣們，他們也在克勞斯的指揮下參加這次的出征。
儘管有許多人反對這些人選，但克勞斯漂亮地封殺了那些反對意見，讓他們一起參加。
「克勞斯，這樣真的沒問題嗎？我可不想被人從後面攻擊。」
我的內在是普通人，所以會擔心被他們背叛。
「請放心。他們絕對不會背叛。」

克勞斯似乎很有自信。

「他們是不被布洛瓦藩侯家承認的棄子。明明賭上性命接下這種魯莽的任務，卻換來這種殘忍的待遇。這表示他們無論如何都無法回到布洛瓦藩侯家。既然如此，反正鮑麥斯特伯爵家正好人手不足，不如僱用他們，對他們施加恩惠。」

將敵人的俘虜收為自己的家臣。雖然這在戰爭故事裡是常見的題材，但實踐起來還真需要勇氣。

「他們似乎願意為了鮑麥斯特伯爵家粉身碎骨，他們在布洛瓦藩侯家受到的待遇實在太悲慘了，畢竟他們可是被當成了棄子。不過只要這時候好好努力，就有機會成為鮑麥斯特伯爵家的正式家臣。只要是正常人，應該都不會刻意叛逃回布洛瓦藩侯家吧。」

克勞斯似乎巧妙地說服了他們，那些人都俐落地做好了出征的準備。

儘管他們一開始還會辱罵背叛自己跑去密告叛亂的克勞斯，但現在似乎都非常倚賴他。

克勞斯也巧妙地介入他們和我與其他家臣之間居中協調。

雖然克勞斯實質上可以說是他們的指揮官，但他表現得一點都不囂張。

他將舊布洛瓦組織交給原本的首領指揮，只有在他們困擾時若無其事地提供協助。這是為了避免自己太過招搖，引來其他家臣的非難吧。真像是老練的克勞斯會採取的作法。

「真的沒問題嗎？」

「我想應該沒問題。」

亨瑞克和導師不同，是個有常識的人，雖然他對此感到擔心，但克勞斯是個行事慎重的人。

我覺得他不太可能率領舊布洛瓦組織謀反。

「我倒是滿佩服他有辦法說服他們……」

舊布洛瓦組織的首領是個名叫湯瑪斯，今年三十二歲的男性……雖然還不到中年，但也已經不年輕了。據克勞斯所言，他是侍奉布洛瓦藩侯家的下級騎士家的三男。

其他人的立場也都大同小異，所以才會被當成那種魯莽作戰的棄子。

「你還真是被他們依賴呢。」

克勞斯似乎還替他們想了新的姓氏。這是為了讓他們能夠獲得重生，在鮑麥斯特伯爵家底下工作。

「他們應該非常恨布洛瓦藩侯吧。至少應該能夠相信他們不會背叛。」

因為他們現在已經無法回到布洛瓦藩侯家。儘管他們都拚命工作，但也可以說是克勞斯斷了他們的退路。克勞斯果然是個厲害的策士。

「鮑麥斯特伯爵家，是仰賴威德林大人個人的功績建立起來的家門，因此沒有延續好幾代的家臣，無論是誰都有機會。而且威德林大人又是一定會依功行賞的類型。」

雖然克勞斯對我大為讚揚，但實際上如果不這麼做，根本就無法招募到有能力的家臣。

「湯瑪斯大人，你們目前都單身嗎？」

「畢竟都被派去執行那種任務了。當然是沒錢養家。」

的確，那種棄子般的工作應該不會交給有家室的人。

「這樣正好。」

「什麼意思？」

「雖然因為這次的出兵而延期了，但其實布雷希洛德藩侯策劃了一場大規模的相親會。」

的確是有這樣的計畫。一開始本來是想逼我娶側室的活動，但在我拒絕後，就成了為艾爾和羅德里希相親的活動。

不過如果只厚待他們兩人，會引發其他想結婚的人不滿，所以後來就演變成讓我所有的單身家臣都一起參加的大規模相親會。

「威德林大人說在各位立下功勞並正式獲得官職後，也能獲得參加的權利……」

「喔喔——！」

「可以結婚啦！」

「我開始有幹勁了！」

一聽克勞斯說完相親會的事情，所有人都異常興奮。

正式官職和相親的話題，讓舊布洛瓦組織充滿幹勁。老練的克勞斯，非常清楚他們想要什麼。

「艾爾先生以前有出征過嗎？」

「約三年前，我曾經參加過帕爾肯亞草原的戰役。」

「是討伐那隻老屬性龍的時候吧。艾爾先生真厲害。」

「我只是單純隨軍出征而已。」

除了克勞斯以外，鮑麥斯特伯爵家諸侯軍還帶著卡露拉小姐這個特殊的成員。她正和擔任護衛的艾爾開心地聊天，究竟這場紛爭會迎來什麼樣的結局呢？

這應該只有老天爺知道。

第三話　紛爭以上？戰爭未滿？

「雖然我有收到你們臨時決定參戰的消息，但來得還真快。」

我們搭乘的小型魔導飛行船，抵達布雷希洛德藩侯軍駐屯的艾夏戈草原。船一降落，布雷希洛德藩侯和他的家臣們便一起出來迎接我們。

即使還是新人，但我好歹是伯爵，所以他們也不能太怠慢我。

「因為我們人數不多。」

「即使如此，還是感謝你們。對吧，布蘭塔克。」

「因為我們一直在被這場無意義的紛爭擺布。」

擔任布雷希洛德藩侯護衛的布蘭塔克先生，露出希望這種麻煩事能早點結束的表情。

我也能理解他的心情。

「好像有一位非常不得了的人也跟你們同行呢……但這就不是我能插嘴的事情了。」

與卡露拉小姐的密約，還不能告訴布雷希洛德藩侯。

而且即使布雷希洛德藩侯是我的宗主，他也不能干涉鮑麥斯特伯爵家諸侯軍的成員。

「雖然我大致猜得到是怎麼回事，但你們還真是不擇手段呢。不過這樣能讓紛爭早點結束，所以我是很高興啦。那麼，事不宜遲……」

布雷希洛德藩侯像是覺得時間寶貴般，開始簡單說明目前的戰況。

「我們目前在橫跨東部與南部的艾夏戈草原的邊緣附近布陣。由七個家族匯集起來的兵力約有四千人。再過一個星期，還會有其他援軍過來，到時候應該會有約六千人。」

雖然覺得數量不多，但光是要籌備軍隊出兵就得花上不少錢，所以這也是無可奈何。

對布雷希洛德藩侯底下那些派出諸侯軍的貴族家來說，光是士兵的報酬和他們的餐費就是一筆負擔。

「那麼，布洛瓦藩侯家那邊呢？」

「約有五千人。目前還沒什麼動靜。只是互相對峙而已。」

雙方都不希望進行決戰，因為那會造成莫大的損害。

所以自然就演變成互相對峙的狀況。兵力終究只是威脅對方的手段。

「還有其他戰場。」

接著布雷希洛德藩侯將邊界線附近的詳細地圖攤在桌上。

「距離這裡約三百公里的西北方。布洛瓦藩侯家的附庸亨格爾準男爵家，正和我的附庸蘭謝爾準男爵家圍繞著銅礦對峙。」

這次事件的起因，原本就是和邊界線權利有關的紛爭又死灰復燃。

「位於兩家邊界線的銅礦，產量好像非常豐富。所以他們從以前就在爭奪那裡……」

兩家過去似乎也為此起了好幾次衝突，之前姑且是以平分的方式解決。

「結果對方突然打破協定……」

布洛瓦藩侯家那邊的亨格爾準男爵家突然出兵，將蘭謝爾準男爵家在銅礦的礦工和警備隊都趕走了。

然後現在占據銅礦的亨格爾準男爵家的軍隊，正與為了奪回銅礦而出兵的蘭謝爾準男爵家互相對峙。

「幸好目前還沒出現死者。」

明明正處於紛爭狀態卻沒有死人，可以說是不幸中的大幸，要是不小心鬧出人命，紛爭就會變得更加難以收拾。

「目前還是希望能拉回五五波的狀態。」

偶爾透過紛爭發洩壓力，同時藉由分得相當的利益，讓雙方勉強接受。

這就是這個時代的特權紛爭的真面目。

「事情就是這樣，請各位使用訓練用的武器。」

沒想到所有參加這場紛爭的士兵，無論敵我都是使用沒有刀刃的訓練用裝備。

雖說是為了盡可能避免出現死者，但我沒想到會做得這麼徹底。

「咦？要用訓練用的武器嗎？」

「請放心。這些裝備亨瑞克大人的船上都有。」

一旁的莫里茲向我報告亨瑞克的船上有夠大家使用的裝備。

好像是細心的崔斯坦事先就將裝備運上船了。

「崔斯坦大人是艾德格軍務卿的兒子，所以很熟悉這方面的事情。」

「真是幫了大忙。」

現在王國的其他地方似乎也會發生紛爭，所以身為艾德格軍務卿之子的崔斯坦自然也很熟悉這些事情。

「當然，即使沒有刀刃，那些武器也算是鈍器。視擊中的部位而定，還是有可能會打死人。只是機率比一般的武器低很多。」

這麼做的目的並非為了討伐對方，而是藉由俘虜對方減少敵軍數量，之後再透過交涉取得和解金。

似乎就跟中世紀的歐洲貴族一樣，是利用贖金來解決問題。

如果是以中世紀的騎士和傭兵為主體的戰場，即使有發生戰鬥，通常雙方頂多也只會出現一名死者。

比起殺敵，還是抓俘虜換贖金比較有賺頭。王國私底下也建議大家戰鬥時，盡可能別出現死者，至於為什麼要私底下建議，則是因為表面上必須禁止紛爭。

「大概就像這樣，雙方加起來有超過八十個貴族家因為邊界線的事情起爭執。這次是布洛瓦藩侯家那邊的貴族突然出兵，搶走並占據我們這邊的附庸的特權，而我們的附庸也為了奪回特權而召集同伴的軍隊與其對峙。像這樣動員的軍隊人數從數十人到數百人不等的小型戰場，大約有四十幾個。」

在布雷希洛德藩侯攤開的地圖上，的確記載了許多註解。

〇〇騎士爵家的軍隊，正與突然占據共有森林地帶的〇〇騎士爵家的軍隊對峙，或是〇〇準男爵家的軍隊擅自占領了原本正在等待裁定、禁止所有人出入的〇〇河的沙洲地帶，與其對峙的〇〇騎士爵家的軍隊吵著要對方從沙洲退兵等等。

大部分都是布洛瓦藩侯家那邊先發動奇襲，布雷希洛德藩侯家這邊的貴族被單方面驅離，然後召集軍隊企圖奪回自己的特權。

「有已經產生衝突的貴族家嗎？」

「不，目前還沒有。」

這就是這種紛爭麻煩的部分。

雖然不曉得一開始的銅礦是如何，但這些不過就是為了爭奪面積狹小的領地，或是能夠從水源那裡引多少水的爭議，若正式發生衝突導致死傷增加，只會造成虧損。

「話雖如此，如果這時候不出兵，就等於是認同對方的實質支配。所以即使是為了貴族的面子，還是不可能不出兵。」

在我的前世，也經常發生國家之間互相爭奪領地的狀況，所以我也能理解。

如果像日本那樣擺出息事寧人的態度，就有可能被對手趁虛而入並提出更過分的要求，所以當然要出兵抗衡。

原來如此，看來貴族不管做什麼事都很花錢。

「這樣下去會很不妙吧？」

「雖然有些貴族家事先察覺敵人的行動，並成功防止被對方占領，但其他都是我們這邊慘敗。一旦進入裁定，將對我方非常不利。」

雖說是違反規則的出兵，但狀況還是對搶得先機的布洛瓦藩侯家有利。

這樣在裁定時，只會對我方不利。

「所以希望能拉回一些劣勢？」

「不過這也很困難。」

一旦布雷希洛德藩侯軍派出援軍，布洛瓦藩侯軍一定會來礙事。

「真令人困擾……要是就這樣進行裁定，會對我們不利……」

「這就是對方的目的嗎？」

「沒錯。」

因為不滿分不到我們領地的開發特權，所以才用這種手段壓抑部下們的不滿吧。

再來就是透過軍事行動的支出，讓布洛瓦藩侯家囤積的錢在領地內流動。

就某方面來說，這也具備公共事業的性質。

「那麼，就讓我來搶回來吧。」

「能拜託你嗎？」

搭乘我租的小型魔導飛行船依序飛往紛爭地帶，打倒布洛瓦藩侯家那邊的貴族軍隊並俘虜他們。

要是在過程中，布洛瓦藩侯軍有派出援軍就更好了。

只要用俘虜逼布洛瓦藩侯付出一大筆贖金，他應該就會後悔找我們的麻煩吧。

「那麼，就拜託你了。」

我們從布雷希洛德藩侯那裡收下地圖後，就立刻搭乘小型魔導飛行船前往那些貴族軍隊對峙的地點。

＊　＊　＊

「這次導師果然沒參加呢。」

「要是王宮首席魔導師介入南部與東部的紛爭並支援南部，會釀成問題吧。」

「這我也能理解，但如果是導師，感覺有可能會在說『好像很有趣』後就跑來參加。」

「怎麼可能。」

「不……如果是我爸爸，那的確是有可能……」

艾爾和亨瑞克先生像這樣在船上聊天，過了半天之後——

飛行船順利抵達第一個戰場。

這裡就是布雷希洛德藩侯最初說明的地點，爭奪銅礦的蘭謝爾準男爵與亨格爾準男爵的領地邊界線附近。

在邊界線上的銅礦前面，約三百名蘭謝爾準男爵軍正布陣警戒銅礦的方向。

仔細觀察那座銅礦後，便能發現到處都有亨格爾準男爵家的士兵在站哨。

「歡迎你們來。」

雖然兩軍一開始都被突然來訪的魔導飛行船嚇了一跳，但在派艾爾以使者的身分前往蘭謝爾準男爵軍的大本營後，男爵本人馬上就出來迎接我們。

蘭謝爾準男爵是個約四十歲的普通大叔。

「你們是布雷希洛德藩侯大人送來的援軍嗎？」

「是的，馬上來奪回銅礦吧。」

「咦？這樣沒問題嗎？」

雖然贊成奪回銅礦，但不希望造成犧牲。只要一看蘭謝爾準男爵的表情，馬上就能看穿他的想法。

「總之只要彼此最後都沒出現死者就行了吧？」

「是的，那樣當然是最好。」

那就簡單了。

和之前在鮑麥斯特子爵領地對付叛亂軍那時候一樣，只要先用「區域震撼」麻痺他們再抓起來就行了。

只要使用「探測」，就不怕會有漏網之魚。

「那麼，先締結協定吧。布琉亞大人。」

「啊，好的。布雷希洛德藩侯大人命令我以督軍的身分，和鮑麥斯特伯爵大人同行。」

當貴族率軍前往戰場援助時，會產生某個問題。

那就是如何確認功勞與戰果，以及分配戰利品。

明明受到別人的幫助，還是有許多貴族會在戰爭結束後搶走來協助的貴族的功勞，這也經常成為新紛爭的原因。

於是就會像這次的狀況一樣，派遣督軍來正式認定與記載戰果。

此外，也會針對該如何分配戰果締結協定。

例如關於俘虜或軍隊持有的裝備、物品、金錢、糧食的權利，以及俘虜的贖金該以什麼樣的比例分配。

這次布雷希洛德藩侯派遣的督軍是布琉亞先生，年約五十歲的他給人的感覺非常嚴肅，是個典型的官僚。

「我會麻痺所有人讓他們變得無法動彈，請你們幫忙俘虜他們。」

「不愧是屠龍英雄……」

和鎮壓叛亂時不同，這次的「區域震撼」範圍比較大，但由於不必限定範圍和區分對象，所以對我來說算是比較輕鬆的工作。
銅礦雖大，但有人的地方有限。
即使只有我一個人，應該也能辦到。
「幫忙逮捕麻痺的亨格爾準男爵軍的士兵、照顧抓到的俘虜，以及防衛取回的銅礦的工作就拜託你們了。」
「這是當然。」
只靠我們的人拘捕那些士兵會很花時間，如果還要管理俘虜，那人手根本不夠。所以我決定把這些工作交給蘭謝爾準男爵，之後再支付經費給他。
「不趁這個機會，直接占領亨格爾準男爵領地嗎？」
「不，從以前開始就有不成文的規定，將這視為接近禁忌的行為。」
亨格爾準男爵一開始來襲時只要有心，也能占領其他的蘭謝爾準男爵領地，但對方並未這麼做。
不對，應該是無法這麼做。
「要爭奪的終究只有銅礦的權利，否則紛爭只會變得沒完沒了。」
要是入侵彼此的領地、殺害領民、侵犯女性，或是破壞田地、燒毀民宅，只會讓仇恨無限制地擴大。
形式上，雙方終究只是在爭奪銅礦。
爭奪其他特權的貴族家們，在這方面也是如此。

「若紛爭變得太嚴重，王家一定會介入。」

這種時候將無法期待有利的裁定。

「例如讓王國直接沒收造成紛爭的銅礦。以前似乎有許多類似的裁定……」

這只是兩個貴族家在爭奪一個特權。

只要展現這樣的態度，也能防止其他勢力的介入。

宗主或像布雷希洛德藩侯那樣統率特定地區的人，會幫助同地區的貴族，而受到幫助的貴族，相對地也會協助維持地區的安定。

大家從以前開始就維持這種關係。

「那麼，來締結協定吧。」

結果鮑麥斯特男爵家完全不干涉銅礦的特權。

相對地，失去戰鬥能力的亨格爾準男爵軍的所有物和俘虜的贖金，將全歸鮑麥斯特家所有。

之後蘭謝爾準男爵家，可以向我們請求管理俘虜所需的花費。

雖然還有其他細節需要補充，但由於雙方已經達成合意，因此布琉亞先生緊急將這些內容寫在締約用的羊皮紙上，讓我和蘭謝爾準男爵簽名。

雖然紙在這個世界已經普及到連平民都能使用，但直到現在，像這種重要的契約書通常還是使用羊皮紙。

「那麼，快點去取回銅礦吧。」

有很多地方都陷入和這裡一樣的狀況，為了能早點去其他地方幫忙，我們決定立刻作戰。

「對方的軍隊裡有魔法師嗎？」

「有。對方進攻礦山時，有人使用『火之箭』。應該是臨時僱用的冒險者……」

雖然頂多只有一位，但少數準男爵家可能擁有初級程度的專屬魔法師。

按照蘭謝爾準男爵的說法，至今都沒收到亨格爾準男爵收了魔法師當家臣的情報，所以應該是配合這次的出兵臨時僱用的人。

「我會連那個魔法師一起麻痺，所以不會有影響。」

如果是像卡特琳娜那種等級的魔法師，就有可能抵抗我的「區域震撼」並發動反擊。不過如果蘭謝爾準男爵的證言無誤，應該是不必擔心這種事情。

「準備好了嗎？」

「是的。」

湯瑪斯和莫里茲指揮的鮑麥斯特伯爵軍和蘭謝爾準男爵率領的軍隊一出現在銅礦前面，防衛那裡的亨格爾準男爵家的士兵們便開始緊張起來。

「（要上囉！）」

不過他們的緊張，馬上就因為被「區域震撼」麻痺而消失。

銅礦的所有人都被麻痺，變得無法動彈。

「進攻！」

兩軍的指揮官一下令，士兵們便開始拘捕亨格爾準男爵的士兵並徹底占領銅礦。

「那麼，後續就交給你們了。」

「好的……」

我的出場已經結束了，蘭謝爾準男爵也沒必要特地上前線。

再繼續多管閒事，只會搶走部下的工作。

於是我從魔法袋裡拿出桌椅，邀他和他的隨從一起喝茶。

薇爾瑪幫忙擺桌椅，艾莉絲開始用我拿出來的茶具泡茶。不能留在布雷希洛德藩侯身邊的卡露拉小姐為了隱藏身分，正打扮成女僕的模樣協助艾莉絲。

「卡露拉小姐穿什麼都好看。我打起精神了——！」

艾爾在看見好東西後，開心地跟莫里茲他們一起走了。

伊娜和露易絲則是為了防止興奮的艾爾太勉強自己，而跟過去監視他。

「讓鮑麥斯特伯爵大人的夫人親自泡茶，真是太惶恐了。」

「還只是未婚妻而已，所以請別在意。」

接著我一拿出艾戴里歐先生送來的巧克力和點心，他們就好奇地送進嘴裡。

「雖然有聽說過傳聞，但真是美味的點心呢。我可以帶一點回去給孩子們吃嗎？」

「不用客氣。」

我多拿了一些當土產給他們後，蘭謝爾準男爵開心地將土產交給隨從的少年。

「話說這次是突然就被占據嗎？」
「是的。雖然我們以前就會定期針對銅礦的分配比例起爭執……」
雙方的主張當然都是「那座銅礦是我們領地的東西！」。
實際上因為雙方都不願意讓其中一方獨占，所以最後北側就交給亨格爾準男爵家，南側就交給蘭謝爾準男爵家管理。
「即使如此，還是會發生紛爭嗎？」
「這算是一種發洩壓力的方式……」
在當家換人後，新領主就會為了展示實力而出兵，讓雙方展開對峙。
「就算是這樣，按照慣例，事前應該要好好通告對方。」
例如：「這座銅礦是我們領地的東西！再過幾天我們就會出兵，給我洗乾淨脖子等著！」
這已經幾乎是一種固定橋段。
然後雙方出兵，在各自的邊界線上對峙，派出五名代表進行比試。
只要在比試中獲勝，直到下次發生紛爭為止，勝者都能在較有利的狀況下採掘礦山。
「在邊界線上有些所有權較曖昧的礦脈。勝者能夠獲得那裡的權利。」
「根本是練習賽嘛。」
「以前曾經發展成以血洗血的戰鬥，導致雙方出現合計百名以上的犧牲者。然而除了兩敗俱傷以外，沒有獲得任何好處，只是讓貴重的家臣和領地內的年輕人白白送命。會演變成這種形式，也是出於先人的智慧。」

難得有礦山，要是採集的人先死了也沒意義，所以這或許算是聰明的選擇。

然後這次敵人透過奇襲，徹底占據了礦山。

在其他許多地點，貴族家之間也都制訂了相同的規則，然而這次那些規則全被打破，讓大家都感到十分困惑。

「果然是因為布洛瓦藩侯嗎？」

「似乎是如此。」

在那之後過了約兩個小時，艾爾他們回來報告已經成功逮捕銅礦裡的所有人。

此外他們還成功接收了對方為了長期對峙而準備的糧食、水、武器、生活用品，以及賞賜用的寶石與現金等大量物資。

「蘭謝爾大人，侍從長弗力克斯已經進入銅礦防守。」

「我知道了。」

聽完艾爾的報告後，蘭謝爾準男爵像個貴族般大方地點頭。

「防衛方面應該是沒問題。亨格爾準男爵家的兵力……」

「是的，已經有八成以上都被我們制伏了。」

既然我們都攻下有三百人守衛的銅礦了，對方光靠殘存的幾十名士兵，根本無法扭轉局勢。

目前亨格爾準男爵家已經等於落敗了。

「此外，我們還抓到了亨格爾準男爵。」
「他人在那裡嗎？」
根據蘭謝爾準男爵收集的情報，亨格爾準男爵似乎在後方進行指揮，所以應該不在礦山裡。因此他在聽見亨格爾準男爵本人被逮捕後嚇了一跳。
「該不會是來視察吧？」
「大概是這樣吧。不過這樣贖金就會增加，對鮑麥斯特伯爵大人來說算是一件好事。」
雖然這次作戰姑且成功了，但後續的路還很長。
按照從布雷希洛德藩侯那裡收下的地圖，和這裡一樣的紛爭地區還有好幾十個。而且難保目前正在對峙的主軍，以及位於紛爭地區的其他貴族不會送援軍過來。要是他們真的派人過來，一切的工夫就都白費了。
「蘭謝爾準男爵大人，我要前往下一個戰場。這裡的守備沒問題吧？」
「是的。即使布洛瓦藩侯軍打算派援軍搶回礦山，也需要千名以上的士兵。」
進攻方需要的兵力是防守方的三倍以上，這個世界似乎也有這樣的法則。
站在布洛瓦藩侯軍的立場，就算能夠奪回這座礦山，如果必須削減貴重的兵力並做好出現犧牲者的覺悟，那也沒有意義。
「考慮到殘存的戰力，亨格爾準男爵家光是要維持治安就很勉強了。雖然他的繼承人還在，但應該也要忙著統治領地吧。」

在銅礦內被捕的人當中，似乎也包含了輔佐亨格爾準男爵統治領地的家臣。

所以他們當然會陷入人手不足的狀況。

大部分的普通士兵，都是從領地內徵召來的農民。

要是他們不在，亨格爾準男爵領地的生產力和稅收很可能會下降。

對亨格爾準男爵領地來說，這可真是禍不單行。

「我們會死守礦山，直到下達裁定為止。」

「那麼，那些俘虜就麻煩你們管理了。」

「交給我們吧。」

麻煩蘭謝爾準男爵管理俘虜後，我們急忙開始前往下一個紛爭現場。

幾小時後，我們從魔導飛行船上發現幾十名占據河中沙洲的士兵，而在河岸邊也有人數相同的軍隊與其對峙。

「呃……將軍隊配置在沙洲的是布洛瓦藩侯家那邊的耶林格卿，在南方的河岸牽制的是我們這邊的貝克卿。」

以督軍身分和我們同行的布琉亞先生平常是擔任紋章官，所以他似乎記得所有南部小貴族家的當家、當家的兒子們和主要家臣的臉、姓名與經歷。

畢竟這個國家的貴族很多。

在與初次會面的貴族見面前，要是身邊有能提供詳細資訊的紋章官在，將會大有幫助。所以每個大貴族家，都一定會有紋章官。

這次布雷希洛德藩侯之所以派他擔任督軍，有一部分似乎也是為了讓他輔佐對貴族實在太過無知的我。

「雙方都是統治著不大的領地，擁有騎士爵位的貴族。」

不直接說弱小或是貧窮，而是說不大的領地，這還真符合高尚的大貴族家的紋章官的風格。

之所以會被稱做紋章官，似乎是因為他們以前的工作，就是在戰場上透過敵方貴族裝備上的紋章來特定出對方的身分。

現在已經沒有戰爭，所以他們的工作就變成蒐集同國的許多貴族與其家人的情報，再視需要向主人提供詳細說明。

由於必須記住數千到數萬名與貴族有關的情報，因此他們的家系似乎都有代代祕傳的記憶法。那些祕傳方法大概是故事記憶法、字頭記憶法或諧音記憶法之類的東西吧？

這對記憶力從以前就很普通的我來說，實在是非常令人羨慕的能力。

「這裡也在對峙啊……」

兩軍之所以對峙，似乎是為了爭奪沙洲的所有權。

雖然以前兩塊領地是以河為界，但某天河水暴漲後，就突然多了個沙洲。

當然雙方都主張自己擁有那個沙洲。

「就算當成農地使用，感覺也賺不了多少錢。」

光是幾十名士兵就將沙洲擠得水泄不通，艾爾見狀後嘆了口氣。

「話雖如此，如果不如此主張就不算是貴族了。」

擁有領地的貴族，似乎不能擺出禮讓的態度，不過即使互相爭奪，也不會產生利益，所以雙方至今都禁止任何人進入沙洲。

「不過兩邊從幾年前開始就一直在爭執。」

那個沙洲沒有被當成農地，但在那裡能捕到非常多的魚，所以雙方的領民都會擅自進入沙洲，並產生爭執。

「在那之後，他們三不五時就會像吵架般，爭辯對方的領民是否有在晚上擅自進入沙洲。」

雖然在我看來這根本不是什麼大不了的事情，但對實際在那裡生活的領民來說，這可是能否讓生活變得富足的關鍵。

雙方的領主都有面子要顧，所以也不得不出兵。

「不過占據沙洲也幹得太過火了。」

布琉亞先生這句話可以說是一語中的，但連這種地方都要占領，真搞不懂布洛瓦藩侯在想什麼。

「快點把事情搞定吧……」

流程和之前差不多。先用「區域震撼」麻痺再進行俘虜，然後讓我方的貝克騎士爵的軍隊占領沙洲。

「這次由我來吧。」

因為只是沙洲，所以不像銅礦那麼寬廣。

因此這次就交給自告奮勇的卡特琳娜處理。

她一發動「區域震撼」，耶林格騎士爵家那些在沙洲上的士兵就變得倒地不起，我們不到一小時就俘虜了所有人。

「真是幫了大忙。」

貝克騎士爵前來向我們道謝，我們將管理占領地和俘虜的工作交給他後，便往下一個地點移動。

因為之後都是在重複相同的作業，所以就略而不談，總之我、卡特琳娜和布蘭塔克先生輪流讓敵方的士兵麻痺，再和當地的友軍一起拘捕他們。

「你來啦！屠龍英雄！我就是人稱『火壁』的……噗哇！」

偶爾也會有能夠抵抗「區域震撼」，試圖展開反擊的魔法師。

不過那些人馬上就被我們打倒，加入俘虜的行列。

「至少也讓對方報完名號吧。」

「浪費時間。」

自稱「火壁」的魔法師，只擁有初級到中級之間的魔力。

即使讓他報完名號再戰鬥，應該也撐不到一分鐘。

在被我用命名為「震撼鞭」的電鞭魔法纏住後，他馬上就失去意識。

「如果真的是一流魔法師，才不會在報完名號之前就被打倒。」

「是這樣沒錯……」

卡特琳娜以憐憫的表情，看向昏迷後被莫里茲綁起來的「火壁」。

「不過魔法師的數量還真少呢。」

卡特琳娜發現貴族們僱用的魔法師數量不多。

而且程度都很低。

「因為中級魔法師沒那麼容易聘請到。即使是布洛瓦藩侯家，在找新魔法師時也費了一番工夫。」

低調地與我們同行的卡露拉小姐，向我們說明即使是大貴族也沒那麼容易聘請到有實力的魔法師。

「光是請到初級魔法師，就算是很幸運了。」

「不過這『火壁』先生……」

在我看來，那傢伙可能只是個簽約金小偷。以職棒來比喻，就是派不上用場的外籍球員。

「他是在能在數十人規模的戰鬥中，使用『火之壁』的魔法師。原本應該是敵方的最強戰力，這次只能算是運氣不好。」

卡露拉小姐在說明的同時，看向我和卡特琳娜。

「此外最近十年，東部地區都沒出現什麼像樣的魔法師。」

據說東部近年來幾乎沒有出現擁有中級以上魔力的新人。卡露拉小姐曾經聽布洛瓦藩侯家的家臣抱怨過即使想請人，地方出身的魔法師也都是些不怎麼樣的傢伙。

在僱用魔法師時，本地的貴族會比較有利。因為薪水的行情大致都已經固定，所以會想選離家近的地方也是人之常情。

「與己方關係惡劣的布雷希洛德藩侯，握有像鮑麥斯特伯爵大人這樣的王牌。這應該讓父親非常焦急吧……」

雖然我能理解他的心情，但還是希望他別因為這樣就找我麻煩。

不如說如果他沒這麼做，我也不會出征……不對，或許最後還是會陷入這種狀況也不一定？

「既然都出征了，我可不希望鮑麥斯特伯爵家出現赤字。所以得好好努力才行。」

＊　＊　＊

過了約半個月後，從布雷希洛德藩侯那裡得知的處於紛爭狀態的貴族，都已經停止爭鬥。

因為布洛瓦藩侯家那邊的貴族與軍隊，都被我和卡特琳娜用「區域震撼」拘捕，原本爭執的特權或領地也都被布雷希洛德藩侯家這邊的貴族占領了。

雖然對方應該為了贖金與和解金頭痛不已，但誰叫他們先打破規矩發動攻擊。

所以這沒什麼好在意的。

「我回來了。」

「我收到報告了。你們似乎狠狠教訓了布洛瓦藩侯一頓。」

「光是贖金，應該就能大撈一筆了。」

「我也聽說你們抓了不少俘虜。沒有出現死者這點真是太可貴了。」

隨著我們參戰，戰況開始一面倒向布雷希洛德藩侯家。

第四話　無意義的長期對峙與其生活

我們用魔法抓到許多布洛瓦藩侯家那邊的貴族與士兵，在這次的紛爭中取得壓倒性的優勢。

因為遠征已經結束，所以鮑麥斯特伯爵家諸侯軍在布雷希洛德藩侯家的大本營布陣。

我們的軍隊人數只有五十三名，因此這程序很快就結束了。

雖然士兵們持續和布洛瓦藩侯家諸侯軍對峙……但因為對方一直沒有行動，所以大家都閒得發慌。

艾莉絲將以隨軍神官的身分為士兵們治療……我本來是這麼認為，但因為沒有發生戰鬥，所以治癒魔法幾乎沒有登場的機會。頂多只有用來治療因為水土不服而拉肚子的士兵。

由於實在太閒，因此她只好和伊娜她們一起幫忙準備餐點和洗衣服。

軍隊也只不過是由一群人組成，大家都需要吃飯和穿衣服，所以意外地忙碌。

幾名男性士兵也一起幫忙，原本是客人的卡露拉小姐也加入了大家的行列。

「我過這種生活的日子反而還比較長，所以很開心呢。」

卡露拉小姐是布洛瓦藩侯的女兒，所以伊娜和露易絲原本都對她敬而遠之，但現在她們已經打成一片，會融洽地一起聊天。

「威爾！卡露拉小姐是位非常棒的女性！簡直就是女性的模範！」
看見卡露拉小姐這麼會顧家，艾爾也變得愈來愈興奮。
「明明我們也和卡露拉小姐一樣有好好煮飯和洗衣服……」
「算了啦，就算和現在的艾爾說這種話也沒用。」
我安撫露易絲這是情人眼裡出西施的結果。看在現在的艾爾眼裡，即使卡露拉小姐做的只是粗食，還是會遠勝露易絲做的大餐。
「今天的燉菜真好吃！和平常完全不同。一定是卡露拉小姐做的吧。」
艾爾一個人極力稱讚卡露拉小姐做的燉菜。
我個人只覺得那和艾莉絲與卡特琳娜做的燉菜差不多美味。
「比起這個，對方完全沒有任何動靜呢。」
除了這個艾夏戈草原以外，其他戰場都因為我們的活躍而讓布洛瓦藩侯家勢力變得極度不利。明明他們之前才靠卑鄙的奇襲取得壓倒性的優勢，結果輕易就被我們推翻了。
難道布洛瓦藩侯家那邊都不想做些什麼，來稍微扭轉這個戰況嗎？
「嗯——明明一開始什麼都沒做，直到現在才有所行動……難道是想稍微替自己爭取一些分數嗎？」
用完早餐後，我收到布雷希洛德藩侯的傳喚，看向在他面前布陣的布洛瓦藩侯軍後，我發現那邊似乎有什麼動靜。

仔細一看，有數十名騎士和借戰兵從敵軍陣地現身。

「我是在布洛瓦藩侯家無人不知的萊哈特．斯坦納！我要求和布雷希洛德藩侯軍的勇者一對一決鬥！」

敵軍的年輕騎士和想立功的借戰兵們接連高舉武器報上名號。侍奉布雷希洛德藩侯家與其附庸家的騎士，以及隸屬我方的借戰兵上前應戰，各自找地方單挑。

「要開始比試了。」

「比試？」

「雖然是一對一決鬥，但因為會盡可能避免出現死者，所以才叫比試。」

難怪要將所有武器換成沒有刀刃的訓練用裝備。

「這是大家從過去的悲劇中學到教訓後，定下的規則。」

克勞斯若無其事地在我旁邊解說。

「沒錯。克勞斯先生也有參加過那場戰事吧？」

「雖然勉強活了下來，但我可不想參加第二次。」

布雷希洛德藩侯認識克勞斯，而且似乎也詳細調查過他的經歷。

在我們對話的期間，比試接連分出勝負。有人為勝利欣喜，也有人為戰敗悔恨，輸家丟下武器，被帶去贏家的陣地。

「為什麼要把敵人帶回陣地？」

「僱用輸家的貴族，之後要付贖金給僱用贏家的貴族。而贏家將獲得獎狀與獎賞。」

克勞斯馬上接著說明。

侍奉貴族的騎士能從主人那裡得到獎勵，而這項成績也會被列入人事考核。借戰兵不僅能獲得獎狀與獎勵，順利的話也有機會求得官職。

「雖然紛爭不多，但要是自己的家臣在比試中慘敗，那位貴族的名聲也會跟著下滑。只有軟弱家臣的貴族，會被別人瞧不起。」

所以才必須動用數量稀少的外人名額，僱用新的家臣啊。因為名額不多，所以借戰兵們也非常拚命。

「結果大概是六比四，由我們這裡領先吧？」

這麼說來，感覺布雷希洛德藩侯家這邊的贏家的確比較多。

看來布洛瓦藩侯家企圖靠單挑取得優勢的計畫並沒有成功。

「主公大人，請允許我出戰！」

就在我思考要不要派人參加時，舊布洛瓦組織的首領湯瑪斯自告奮勇地要求出戰。

「你有信心能贏嗎？」

「請交給我吧。對手有人和我有些過節。」

「威德林大人，這時候還是答應會比較好……」

克勞斯贊成湯瑪斯參戰，應該是有什麼意圖，因此我答應湯瑪斯的要求。

「不勝感激！」

湯瑪斯跳上跟布雷希洛德藩侯軍借來的馬，快速衝向一名騎士。

「你是！」

「我要求和你一對一決鬥！」

湯瑪斯開始與那名年紀和他相仿的騎士單挑。

「我方占優勢。不過……」

與湯瑪斯單挑的騎士，看起來非常動搖……

「我想那個人應該是湯瑪斯大人的兄弟。」

原來如此，這樣就說得通了。

為了家人被當成棄子的弟弟，想透過戰勝哥哥來證明自己的實力。

兩人交戰了一會兒，但壓制了敵方騎士的湯瑪斯一擊將對方打下馬，用劍尖指著騎士並將其收為俘虜。

「看來湯瑪斯也很會騎馬。」

「是位非常能幹的人呢。」

試著僱用一段時間後，我發現湯瑪斯是個可用之才。

他是個能幹的人，無論劍術、槍術、馬術、修養還是計算，他都有一定程度的水準。

雖然不是天才，但他還住在老家的時候，就努力找時間學會了許多事情。

他不斷鼓勵自己只要多學一些技藝並好好努力，將來就有機會能獨立成家。

在指揮新進人員時，他也發揮了超過一般平均的水準，其實我非常想要這種人才。

「他帶著布洛瓦藩侯家的騎士回來了。」

「要發獎狀和獎勵給他嗎？」

「是的，這是貴族的義務。」

在許多場比試結束後，布雷希洛德藩侯和其他參加諸侯軍的貴族也開始準備獎狀和獎賞。

「克勞斯，獎狀要怎麼寫啊？」

「這個嘛……」

克勞斯以前也有得過獎狀，所以當然很清楚要怎麼寫。

按照他的說明，內容必須記載誰在何時何地單獨擊敗了誰，以及如何論功行賞。

「用這種方法鼓舞士氣啊……」

「是的。獎狀能證明自己的戰功，是非常重要的東西。若是想要求官的借戰兵，就更是如此了。」

該說薑果然是老的辣嗎？

克勞斯在絕妙的時機向我提出建議。

「湯瑪斯大人好像回來了。」

湯瑪斯帶著看起來非常懊悔、始終維持瞪視表情的布洛瓦藩侯家的騎士回來。

「辛苦了。呃，你俘虜的騎士叫什麼名字？」
「他叫克里斯哈特．雷查爾特。」
我記得雷查爾特，是湯瑪斯改姓之前的姓氏。
克勞斯猜的沒錯，這個俘虜是湯瑪斯的哥哥。
「明明才剛被任用不久，崔法大人真是好武藝。」
克勞斯說的崔法，是湯瑪斯的新姓氏。
反正在被當成棄子後，雷查爾特家馬上就會否認家裡有名叫湯瑪斯的男子，所以為了讓他轉換心情，克勞斯幫他想了新的姓氏。
「什麼崔法！你是我的弟弟！」
看來變成俘虜似乎讓這位名叫克里斯哈特的男子很生氣，害他不小心說出蠢話。
「克里斯哈特，湯瑪斯．崔法明明是我的家臣，你卻說他是你弟弟？」
「那還用說！湯瑪斯是！」
男子似乎總算發現自己的失言。
雷查爾特家為了讓湯瑪斯參加鮑麥斯特騎士爵領地的叛亂，早就抹消了他的存在。
然而克里斯哈特卻說那個已經被抹消的男人是自己的弟弟。
「湯瑪斯真的是你的弟弟嗎？」
「不……應該只是長得像而已。」

「長得像？」

跟不存在的人長得像，也是件奇怪的事情。

看來和弟弟單挑落敗被捕，似乎讓他相當動搖。

「不，我從來沒見過那個男人！」

「這樣啊……」

克里斯哈特的話，似乎讓湯瑪斯領悟到自己已經無法返回雷查爾特家。

他露出看起來有點寂寞的表情。

「主公大人，該頒發獎狀和獎賞給崔法大人了。」

「說得也是。」

我在克勞斯的建議下，從魔法袋裡拿出以前艾爾推薦我買的鋼劍，連同緊急寫好的獎狀交給湯瑪斯。

那把劍非常昂貴，騎士似乎都會替這種程度的劍刻上家徽並隨身攜帶。

「湯瑪斯，我很期待你以後的表現。」

「不勝感激。」

「再來是……（克勞斯，我不曉得行情！）」

「（通常是兩、三枚金幣。）」

雖然也會把金幣當成獎賞，但因為我不曉得行情，所以只好偷偷問克勞斯。

就算他不知道，我也可以問布雷希洛德藩侯，我本來還在想如果他不知道就能趁機取笑他，但克勞斯果然知道行情。

「（虧你知道這種事情。）」

「（我只是虛長了幾歲。）」

既然已經知道行情，還是趁這個機會提升湯瑪斯的忠誠心吧，於是我從袋子裡掏出五枚金幣交給他。這就跟玩某款戰國模擬遊戲，藉由獎勵家臣提高忠誠度的場景一樣。

不過換算成日幣，獎賞平均是兩百萬圓到三百萬圓。

因為平常很少發生紛爭，所以貴族在這種時候也會乾脆地從儲蓄裡拿錢出來獎勵部下。

考慮到旁人的眼光，也沒辦法小氣，貴族真的是一種很花錢的生物。

「以後我也會盡全力效忠鮑麥斯特伯爵家。」

收下獎賞和獎狀後，開心的湯瑪斯幾乎是用小跳步的方式返回同伴身邊。

「看見這種場面後，就會覺得鮑麥斯特伯爵也已經是貴族的一分子了。」

布雷希洛德藩侯見狀，便獨自沉溺在感慨中。

「話說艾爾文也要參加比試嗎？」

「咦？」

「艾爾文在那裡啊。」

雖然我當然沒有下達這種許可，但在我的視線前方，艾爾正在和布洛瓦藩侯家的騎士決鬥。

「那個笨蛋……」

「艾爾文還年輕，所以也想要立功吧。」

雖然布雷希洛德藩侯說得沒錯，但要是艾爾被抓住，想贖回他會很麻煩，所以我不希望他去和別人單挑。

「看起來是他占優勢。」

艾爾的對手似乎沒有想像中強。

在交手約十分鐘後，對方就被艾爾打下馬，成為他的俘虜。

「主公大人，我抓到敵人的騎士了。」

由於其他貴族也在，因此艾爾一臉得意地回來時，是叫我「主公大人」。

不曉得是不是心理作用，被捕的騎士似乎也因為輸給年輕人而滿臉悔恨。

「你這個笨蛋！不要出去和別人單挑啦！」

「可是我想要立功啊！」

因為功勞就是功勞，所以我還是有頒發獎狀和獎賞給他，但我也沒忘記先賞他一拳。

你問為什麼？

因為艾爾雖然也想立功，但他更想表現給卡露拉小姐看。

「卡露拉小姐！我贏了！」

＊　＊　＊

「喔——呵呵！我是被譽為西部第一的魔法師卡特琳娜・琳達・馮・威格爾榮譽準男爵。我要求和你們這些布洛瓦藩侯家的魔法師，用魔法一決勝負！」

到了隔天，這次換卡特琳娜在敵陣面前大聲宣戰。

「威爾，卡特琳娜好適合做這種事……」

「的確……」

我跟伊娜說明她就是這種個性。

至於她目前在做的事情，其實就是昨天那種決鬥的魔法師版。

地位愈高的貴族，底下就有愈多魔法師。

雖然魔法師平常並不會進行這種無謂的戰鬥，但紛爭和戰爭一樣。魔法師之間的戰鬥，能讓周圍的人知道他們有多強悍。

「卡特琳娜小姐看起來很高興。」

「因為這是出名的好機會。」

雖然威格爾家已經復興，但她應該有考慮過進一步的發展。
所以她才打算參加魔法的決鬥，藉此立下戰功。
這種規模的紛爭非常罕見，在這種場合立下戰功，能夠提升貴族的名譽。
女性被禁止參加一對一的決鬥，所以露易絲和薇爾瑪都在抱怨這樣太無趣，只有魔法師是例外。
因為數量極度稀少，所以女魔法師之間偶爾也會互相比試。
「不曉得卡特琳娜小姐會不會有事？」
艾莉絲替我倒瑪黛茶，同時如此問道。
在卡特琳娜宣戰時，我們正在和布雷希洛德藩侯與布蘭塔克先生一起悠閒地喝茶。
其他參戰的貴族應該也一樣吧。
雖然在戰爭時這麼做有點不得體，但貴族即使在戰場上也要表現得優雅，為對手帶來心理上的負擔。
至於我們的情況，也可以說是因為戰況變得壓倒性有利，所以才有這麼做的餘裕。
「應該是沒問題。畢竟能贏過卡特琳娜姑娘的魔法師並不多。」
無趣地喝著瑪黛茶的布蘭塔克先生代替我回答艾莉絲的疑問，就算是他，也不至於會在這時間喝酒。
「不過勝負這種事情沒有絕對吧。」
因為艾莉絲很溫柔，所以才會擔心卡特琳娜。

「放心吧，像這種決鬥，不能使用出乎意料的奇招。」

「薇爾瑪姑娘代替我說明了。總之事情就是這樣。」

布蘭塔克先生並不像看起來那麼閒，他趁有空的時候，調查了布洛瓦藩侯僱用的魔法師。

因為在布雷希洛德藩侯僱用的魔法師中，他是地位最高的一個，所以在比試前，他替部下們和卡特琳娜做了詳細的說明。

「布洛瓦藩侯家的魔法師都只有中級，此外也沒收到他們臨時僱用了高手的情報。只要別犯太大的失誤，卡特琳娜姑娘應該不可能輸。」

「魔力量低的魔法師贏過魔力量高的魔法師的方法，不外乎突襲、巧妙利用對方的弱點，以及使用必殺的奇招。除此之外都非常困難。」

「喔，薇爾瑪姑娘還真清楚。事情就是這樣，所以艾莉絲姑娘可以不必擔心。」

「艾莉絲大人，魔法師之間的單挑，不容易使用這些方法。所以請放心。」

現在完全成了我的顧問的克勞斯，也告訴艾莉絲不必擔心。

「畢竟雙方得先互相報上名號。如果不能奇襲，那應該沒那麼容易贏過卡特琳娜。」

「既然威德林大人都這麼說了……」

艾莉絲似乎總算放心了。

「我接受挑戰！我是布洛瓦藩侯家的首席專屬魔法師，『疾風』比安可．羅凱爾！」

布洛瓦藩侯家那邊有個魔法師回應卡特琳娜的挑戰，報上自己的名號。

年齡大約是四十歲吧？

那名中年男子身穿看起來非常普通的長袍，舉起魔法杖和卡特琳娜對峙。

「咦？」

「伯爵大人，怎麼了嗎？」

「那個人，看起來好像不怎麼厲害……」

雖然這麼說可能有點失禮，但和同樣是首席專屬魔法師的布蘭塔克先生相比，感覺對方的實力明顯低了一大截。

「因為這部分是靠數量來彌補。」

東部地區近期都沒有出現強悍的魔法師，所以布洛瓦藩侯家也未能請到擁有上級程度魔力的魔法師。

於是他們僱用了好幾名中級魔法師，並從那些人中挑了一個比較年長又有凝聚力的人，暫時任命他為首席專屬魔法師，

「並不是每個被任命為首席的人，都擁有像布蘭塔克先生那樣壓倒性的實力。」

「就是這樣沒錯。」

艾莉絲在端茶給布蘭塔克先生時發問，後者邊喝茶邊如此回答。

隨著決鬥開始沉靜下來，在兩軍對峙時，基本上最大的問題就是要如何打發時間。

不只是我們，士兵們也把這當成娛樂，開心地觀戰。

「那個布洛瓦藩侯家的魔法師，應該贏不了卡特琳娜吧？」

「贏不了吧。」

「那為什麼還要出來？」

艾爾似乎無法理解那位首席專屬魔法師明知沒有勝算，為何還要接受卡特琳娜的挑戰。

不過對貴族來說，出來應戰是理所當然的事情。

姑且不論勝敗，要是不回應對手的挑戰，會讓布洛瓦藩侯家蒙受比敗北還要嚴重的恥辱。

「一決勝負吧！」

雙方報上名號後，卡特琳娜與「疾風」便開始決鬥。

「疾風」首先發動攻勢，他從雙手放出兩個「龍捲」攻擊卡特琳娜。

居然能用雙手同時使出兩個風魔法，不愧是熟練的魔法師。

「不過……如果對手是卡特琳娜，這種程度的風魔法……」

卡特琳娜馬上在自己周圍展開「龍捲」，抵銷「疾風」放出的「龍捲」。

「還沒完呢！」

接著「疾風」持續從雙手放出「龍捲」魔法，但那些攻擊全都被「卡特琳娜」展開的「龍捲」彈開。

「在這類型的戰鬥中，決定勝負的關鍵就只有魔法的威力和魔力量。」

「只有這兩種嗎？」

「沒錯。不需要其他要素！」

結果「疾風」在連續使出好幾次「龍捲」後，因為魔力用盡而投降，這場決鬥也就此落幕。

他將魔法杖交給卡特琳娜投降。

「我是同為布洛瓦藩侯家專屬魔法師的『火鞭』羅伊．札爾尼亞！一決勝負吧！」

接著換一名自稱「火鞭」、看起來三十來歲的中級魔法師與卡特琳娜決鬥。

他用雙手做出「火鞭」，然後交互揮舞鞭子攻擊卡特琳娜。

「火鞭」分別在不同的時間點襲向卡特琳娜。

在卡特琳娜擋下來自正面的攻擊時，已經同時有其他「火鞭」從後面攻擊她。

等她擋下來自視覺死角的攻擊時，同一個地方馬上又有新的「火鞭」來襲。

看來對方有仔細研究和練習「火鞭」這個魔法，再吸收成自己的東西。

「不過……」

「喔！他還滿厲害的嘛。」

「在這種條件下戰鬥，『火鞭』不可能有勝算。」

如同布蘭塔克先生的預測，對方巧妙利用「火鞭」連續施展的假動作和攻擊，全都被卡特琳娜展開的「水壁」擋了下來。

不管「火鞭」從哪裡攻擊，都無法突破「水壁」，只能空虛地製造出水蒸發的聲音和水蒸氣而已。

「對『火鞭』來說，火系統的魔法是他經歷長年的修練後，最為擅長的系統。反倒是卡特琳娜姑娘，其實不太擅長水系統的魔法。」

然而威力卻是卡特琳娜的水系統魔法較強。

這就是上級與中級的差距。

而且似乎是絕對無法跨越的高牆。

「『火鞭』的實力和剛才的『疾風』差不多。這證明布洛瓦藩侯家同時僱用了好幾名中級魔法師。」

卡特琳娜在幾分鐘後展開反擊，她用「水壁」包圍了「火鞭」，後者丟掉魔法杖投降。這樣卡特琳娜就連勝兩場了。

「見識到我的實力了嗎？」

俘虜了兩名布洛瓦藩侯家的專屬魔法師後，卡特琳娜帶著得意的表情回來。

接著換其他魔法師在她剛才戰鬥的地方展開決鬥。

無論是布洛瓦藩侯家或布雷希洛德藩侯家，旗下都還有許多專屬魔法師。

因為只要獲勝就能得到名譽和獎賞，許多魔法師都把握機會參加決鬥。

「沒什麼高潮迭起呢。」

「露易絲小姐，雖然觀眾在看見驚險場面時可能會很高興，但對我這個當事人來說，那可不是鬧著玩的……」

「該怎麼說，感覺一點都不危險。」

「畢竟是這種決鬥。」

卡特琳娜回來後，露易絲上前搭話並端茶給她。

「即使是上級魔法師，在實戰時也可能會因為大意或被抓到弱點而落敗……」

因為像這種形式的比試，必須正面面對對方，在彼此示意後戰鬥，所以當然是魔力較強的人會贏。

不如說卡特琳娜會贏本來就是正常的。

「出其不意是個好方法呢。」

「伊娜小姐，實戰的確是如此，但這可是賭上名譽的一對一決鬥喔。」

要是在這種決鬥中突襲對方，就等於是在說自己是卑鄙小人。

卡特琳娜向伊娜說明，這樣不如一開始就別接受挑戰。

「吶，布蘭塔克先生和威爾不去參加嗎？」

「我不去。」

布蘭塔克先生是布雷希洛德藩侯家的首席專屬魔法師。

目前布洛瓦藩侯家沒有能贏過他的魔法師，所以他似乎必須將決鬥的權利讓給底下的人。

「事到如今，就算我贏了又能怎樣？」

無論是功績還是名譽，布蘭塔克先生都已經累積夠多了。

他沒理由去和中級以下的魔法師戰鬥，就算搶走下屬們的表現機會，也只會被人討厭而已。

「威爾也一樣啊……」

我已經立下足夠的功勞，在這次的紛爭中也抓到了超過四十家布洛瓦藩侯家那邊的貴族、主要家臣和士兵。

就連布雷希洛德藩侯都直接跟我說「你已經可以休息了」。

「導師呢？」

「他怎麼可能來。」

要是王宮首席魔導師參與南部與東部貴族之間的紛爭，只會讓事情變得更麻煩。話雖如此，我也能理解艾爾的疑問。

如果是那個人，難保他不會因為覺得「好像很有趣」就參戰。

「而且這樣布洛瓦藩侯家會哭吧。」

如果導師也跑來，應該會加入熟識的我們這方，這樣戰力差距將擴大到令人絕望的程度，那樣也是有那樣的麻煩。

「那個，威德林先生，給我的獎賞呢？」

「沒有。」

「為什麼！」

「等一下！卡特琳娜也是貴族吧！」

卡特琳娜這次的立場，是應布雷希洛德藩侯的要求參戰的鮑麥斯特伯爵家的親戚兼附庸，亦即威格爾準男爵家的女當家。

不過因為她無法派軍支援，所以才以魔法師的身分提供協助。

「卡特琳娜抓到的貴族、士兵、魔法師和其他俘虜的贖金，就已經能直接構成利益了。要是我再給妳獎賞，會變得很奇怪吧。」

「這麼說也對……」

儘管只是暫定，但卡特琳娜似乎還有點缺乏自己是貴族家當家的自覺。

「因為是以當家身分直接累積的功績，所以賺到的應該比獎賞還多吧。至於交涉部分，只要交給擔任代理官的海因茲的兒子處理就行了。」

「的確是這樣沒錯！我都忘了這件事！」

知道威格爾準男爵領地的開發資金變多後，卡特琳娜開心地喝起茶來。

「唉——我已經膩了。」

這場紛爭，似乎讓比我們還早參戰的布蘭塔克先生感到非常無聊。

「戰鬥必須讓給部下，還必須用魔法袋幫忙補給。真是無聊死了。」

卡特琳娜的參戰，讓我方在魔法師方面的決鬥也占據優勢。

不過這次的敗北，讓布洛瓦藩侯軍又再次躲回陣地，使得紛爭再次被拉長。

＊　＊　＊

「真是討厭的狀況……」

「嗯……」

在鮑麥斯特伯爵家參加紛爭後，我方明顯變得有利。

只要維持現狀進入裁定程序，一定會以我們的壓倒性勝利告終，然而布洛瓦藩侯家那邊卻像個縮頭烏龜般堅守不出。

無論是附庸們的戰鬥，還是騎士與魔法師的單挑都悉數敗北的布洛瓦藩侯家，應該已經無計可施了吧？

「是逼得太緊了嗎？」

「如果是一般的對手也就算了，但對付現在的布洛瓦藩侯家，應該不需要有所顧慮。唯一能做的，就是逼迫他們進行裁定。」

像是在回答我的疑問般，布雷希洛德藩侯闡述自己的意見。

其他貴族似乎也是相同的意見。

「只能繼續對他們施壓，讓他們火燒屁股了。」

回到鮑麥斯特伯爵家諸侯軍的大本營商量後，克勞斯也提出相同的意見。

「要繼續逼迫他們嗎？」

「是的，直到逼那些主張自己是布洛瓦藩侯家下任當家的人出來為止。」

雖然我有拜託卡露拉小姐提供情報，但布洛瓦藩侯家諸侯軍的確有許多可疑的地方。
「指揮那個諸侯軍的，是我們的侍從長。」
按照常理，只要不是別動隊，諸侯軍都應該由當家或繼承人來指揮。然而現在卻是由布洛瓦藩侯家的侍從長在指揮。
「父親臥病在床。對繼承人們來說，要是父親在他們指揮諸侯軍的期間去世，那留在領地的人會比較有利。」
在最壞的情況下，或許會有人偽造遺言，所以卡露拉小姐那些爭奪下任當家寶座的哥哥們，都不想離開布洛瓦藩侯身邊。
「軍隊的指揮，只要交給高德溫就沒問題了。」
布洛瓦藩侯家的侍從長似乎叫高德溫。他習慣指揮大軍，地位也很高，甚至還比某些下級貴族有權勢……和我老家的侍從長可以說是天壤之別。
「因為高德溫的女兒，是菲利浦哥哥的正妻。」
競爭下任布洛瓦藩侯寶座的，是長男菲利浦和次男克里斯多夫。菲利浦的母親身分較低，此外雖然是重臣，但他的妻子仍是陪臣之女。次男克里斯多夫無論母親或妻子都是貴族的女兒。兩人年紀只差一歲，所以讓這場繼承人之爭變得更加棘手。
「率領諸侯軍的高德溫是菲利浦哥哥的支持者，擔任諸侯軍幹部和負責補給事務的軍政官則是克里斯多夫哥哥的支持者。所以即使兩人不在，還是能指揮諸侯軍。」

但相對地，感覺也造成了許多問題……

「軍人性格的長男和文官性格的次男之間的鬥爭啊……」

以故事來說，這是滿常見的橋段。

「威爾，怎麼辦？」

「克勞斯說的沒錯，只能設法逼他們行動了。」

「不過布洛瓦藩侯家他們現在完全堅守不出喔。」

一開始的優勢瞬間被逆轉，再加上指揮官不在。不曉得該如何是好的他們，目前正為了維持現狀而按兵不動。

「即使如此，我們也要行動。」

於是我們開始展開進一步的行動。

「薇爾瑪，寫好了嗎？」

「我對成品很有自信。」

「妳真的很會寫字，和我完全不同。」

我向正在一塊大布上寫字的薇爾瑪搭話。

雖然說意外可能有點失禮，但其實在我們這些人當中，字寫得最漂亮的就是薇爾瑪。

艾莉絲這幾天都在擔任隨軍神官，讓負責護衛的薇爾瑪閒得發慌，所以她似乎很高興能接到其他工作。

「真的耶。我有點意外呢。」

露易絲也說了和我一樣的話。

「因為露易絲寫的字很醜。」

「才不是這樣。我的字只是比較有獨創性。」

別說是獨創性了，就連想看懂都很難，真不曉得露易絲的自信是從哪裡來的。

順帶一提，雖然不及薇爾瑪，但艾莉絲寫的字也很好看，卡特琳娜和伊娜只有普通程度，我和艾爾的字則是有點醜。

「在發生像這樣的紛爭時，我寫的字或許能當成暗號使用。」

「不，不可能吧。」

不論敵我都看不懂的東西，根本就不能當成暗號。

「威爾真是失禮。話說這是什麼？」

「是徵人廣告。」

沒錯，我拜託薇爾瑪幫忙製作徵人廣告。

「徵人廣告？」

「呃，算是鮑麥斯特伯爵家募集新官員的……海報吧？」

對象是敵我雙方的借戰兵。

雖然大貴族家之間久違地發生紛爭，讓他們因為有任職的機會而聚集在這裡，但因為情況演變成無意義的長期對峙，許多人都想打道回府。

儘管在這裡能確保食宿，但要是無法透過決鬥推銷自己，那留在這裡也沒意義。再加上借戰兵之間經常會交換新紛爭的情報，所以遲早會有人開始前往他處。

當然這對貴族來說也是件困擾的事情，為了盡可能節省花在紛爭上的經費，必須將能夠便宜僱用的他們留到最後才行。

「所以要藉由招聘考試把他們留下來。」

「我也獲得了布雷希洛德藩侯的許可。」

其實布雷希洛德藩侯找來的借戰兵們也開始出現想離開的跡象，所以他在煩惱該如何解決。

不過作為留下他們的回報，無論是增加在紛爭結束後任用的正職人數，還是直接頒發獎金，當然都會讓所需的經費增加。

對布雷希洛德藩侯來說，這算是眼前最令人頭痛的問題，因此鮑麥斯特伯爵家乾脆地答應募集新官員的事情。

因為這樣不僅能留住人手，還能削減對方的兵力。

對象是在雙方陣營當借戰兵的傭兵，錄取門檻是能力與人格達到一定以上的標準。

雖然徵人廣告上姑且是寫募集五十名，但只要有達到錄取門檻，預定還是會全部錄用。

反正我也沒有看人的眼光，所以將判定的工作交給莫里茲和克勞斯。

雖然不甘心，但在看人方面我不可能贏得了老練的克勞斯。

「喔，也要僱用敵陣中的優秀借戰兵啊。」

布蘭塔克先生佩服地表示這是個好主意。

因為沒有介紹信，所以要先經過一段試用期，但這樣或許能解決我們領地人手不足的問題。

要是不能用，只要別正式僱用就行了，就算沒有人被正式錄取，我們也不會有任何損失。

「只要被僱用的人留下來，就能避免明明紛爭還在持續，卻沒有借戰兵的情況了。」

對參加紛爭的貴族來說，能夠壯大軍勢的借戰兵是必要的存在。

確定他們應該不會離開後，布雷希洛德藩侯也鬆了口氣。

「啊，對了。關於招聘考試和面試，無論哪一邊的陣營都能參加。」

「真的假的！這可是前所未聞的事情。不過這主意不錯……」

幾分鐘後，薇爾瑪將寫在大布上的徵人廣告掛在兩軍之間。

想求官的人過來吧！

即使沒有介紹信，也能參加鮑麥斯特伯爵家臨時舉辦的招聘考試。

錄取人數：通過錄取門檻的前五十名。

待遇：將在面試時說明。

職缺：武官、文官、警備隊。優秀者有機會擔任幹部。

備註：目前身在布洛瓦藩侯家諸侯軍者，也能參加招聘考試。

「來了好多人呢。畢竟是這種條件……」

這個徵人廣告一擺出來，幾乎兩軍所有的借戰兵都跑來報名。

由於人數實在過多，最後甚至必須向布雷希洛德藩侯和其他貴族借人手，才有辦法舉行招聘考試和面試。

地點是在兩軍中間、之前被用來進行決鬥的草原，報名者在那裡展現武藝，或是接受計算與製作文書的筆試，然後再由莫里茲和克勞斯進行最終面試。

布洛瓦藩侯家的軍隊，只能驚訝地看著這個破天荒的行為。

由於並沒有規定禁止邀約敵方的借戰兵參加招聘考試，因此對方也無從抱怨。

「這對對方來說，也是出乎意料的狀況吧。」

布雷希洛德藩侯笑著觀看突然舉辦的招聘考試。

「要是判斷繼續留下來也沒意義，借戰兵就會考慮離開。這是留他們下來的最佳手段吧？」

借戰兵最大的目的，並非參加紛爭賺取日薪。

他們的目的是獲得獎狀與獎賞累積資歷，以便將來能夠任官。

然而即使是像布雷希洛德藩侯這樣的大貴族，也沒那麼容易釋出新職缺。

在這次的紛爭結束後，他頂多只能精挑細選出一、兩人任用。謀求官職的困難度可是比就職冰河期還要誇張。

然後鮑麥斯特伯爵家突然說要錄取五十人，這樣當然會有一堆人來報名。

「這樣直到紛爭結束前，都能維持軍隊的數量了。」

布雷希洛德藩侯露出鬆了口氣的表情。

借戰兵原本想離開這裡尋找新的機會，如果想留住他們，就必須臨時支出龐大的費用，但只要讓我們錄取他們，就能免費維持軍隊的人數。

「反倒是布洛瓦藩侯家那邊無法防止借戰兵離開，這應該會為他們帶來傷害吧。」

紛爭並非戰爭，在進入裁定程序前，當然是軍隊人數較多的一方比較有利。

「如果是雙方的借戰兵都一樣變少也就算了，但結果是人都跑到我們這邊了。」

因為我們的家臣數量不夠，所以只要沒有太大的問題都能錄取。

而且還有半年的試用期，要是這段期間出了什麼問題，只要直接開除就行了。

「鮑麥斯特伯爵家諸侯軍總算變得比較像樣了。」

「五十三人果然還是太少了。畢竟貴族是很在意面子的生物。」

雖說是臨時出兵，但擁有領地的伯爵家只有五十三名諸侯軍實在是太少了。

透過錄用新人增加士兵數量後，鮑麥斯特伯爵家諸侯軍總算變得比較像樣了。

現在莫里茲正在重新編組諸侯軍並持續進行訓練，由於指揮官不夠，因此湯瑪斯也一起輔佐他。

由於人數增加，克勞斯也和亨瑞克交涉了補給的事情。畢竟消耗的糧食和裝備，一口氣暴增了十倍以上。

「真冷清呢。」

布雷希洛德藩侯看著沒有任何借戰兵的布洛瓦藩侯軍的陣地嘟囔道。

「冷清？」

「是啊，雖然利用對方弱點的我們沒什麼資格說這種話，但在紛爭時，借戰兵可以說是戰場的排場呢。」

比起排場，我倒覺得比較像負責炒熱氣氛的人。

「沒被錄取的借戰兵，都離開這裡去下一個紛爭地區了。」

雖然布雷希洛德藩侯那裡也沒借戰兵了，但那單純只是加入我的諸侯軍而已。因此現在局勢完全倒向布雷希洛德藩侯家這邊。

「原來如此，這真是騷擾布洛瓦藩侯家的最佳手段。希望進一步被逼入絕境的布洛瓦藩侯家，能夠主動提議進行裁定。」

我想的騷擾手段，降低了布洛瓦藩侯家勢力的士氣，同時也讓他們的狀況變得更加不利。

第五話　即使推定勝利，紛爭依然持續

「主公大人，讓我擔任指揮官真的沒關係嗎？」

「湯瑪斯，為什麼你會這麼想？」

「因為我原本是布洛瓦藩侯家的人。」

由於率領諸侯軍的指揮官不夠，因此我從舊布洛瓦組織裡提拔了包含湯瑪斯在內的幾名人員，但這超乎常理的人事異動，似乎讓湯瑪斯感到不安。

「目前我們又新錄取了大量的人員。湯瑪斯你們已經算是中堅成員，所以也得背負一些責任才行。」

「我們已經是中堅成員了？但感覺我們和那些借戰兵的資歷並沒有差多少……」

「姑且不論其他貴族家如何，我們家的歷史還很淺。在這裡半個月的資歷，大概就等於其他家的好幾年。而且選指揮官時我是以能力為基準。」

「真是太光榮了。」

考慮到現實問題，不可能突然提拔還在試用期的新人當指揮官。

湯瑪斯等人已經被克勞斯吃得死死的。

因為無法返回布洛瓦藩侯家，所以他們只能留在鮑麥斯特伯爵家努力。即使回去，他們也只能過著被家裡豢養或更糟糕的生活，所以他們應該也不想回去吧。

「侍奉鮑麥斯特伯爵家超過一年的家臣並不多。順帶一提，資歷最深的是……」

「哎呀——卡露拉小姐做的燉菜最棒了。」

沒錯，艾爾擔任負責保護我和艾莉絲等人的護衛部隊的指揮官。

雖然一開始只是掛名，但如果從準男爵時期開始計算，他的資歷已經超過三年。和露易絲與伊娜並列為資歷最深的老將。

「不過那位老將，正沉溺在卡露拉小姐做的料理中。」

「雖然我有很多疑問，但我更在意布洛瓦藩侯家的將來……」

畢竟紛爭對象布洛瓦藩侯家的女兒，目前正在我們的陣地和艾莉絲她們一起做飯。

「她目前是被當成祕密特使看待。」

「呃……可是這消息早就傳到布洛瓦藩侯家那邊了……」

只要稍微偵察一下，馬上就能知道卡露拉小姐正待在鮑麥斯特伯爵家諸侯軍裡。只要有個望遠鏡，就算是幼稚園兒童也看得出來。

布洛瓦藩侯家那邊應該很驚慌吧。畢竟他們的千金小姐，正在敵軍裡煮飯和洗衣服。

「提拔我也是為了這個目的嗎？」

原本送去擾亂敵人後方的人，居然在敵軍擔任指揮官。這應該會讓布洛瓦藩侯家那邊非常慌張。

「當然也有這個目的，但我們這邊一直都人手不足。所以會讓能幹的人早點升官。」

「原來如此，我明白了。我會好好把握這個機會。」

湯瑪斯似乎接受了。他原本就無法回去，而且他還是出身於下級陪臣騎士家。

只要觀察我的老家，就能明白騎士爵家的實際狀況，而被貴族任命的陪臣騎士過的生活又更糟。除非地位非常高，否則都必須靠農業或狩獵等副業才有辦法維生。

「湯瑪斯就算看見卡露拉小姐也不會緊張呢。」

再怎麼說，她都是前東家的千金。我本來以為湯瑪斯光是看見她就會緊張，但他完全沒表現出類似的跡象。

「以我過去的身分，根本就沒機會見到主公家的千金小姐。即使告訴我那位小姐是卡露拉大人，我也沒什麼實感。」

「原來如此。」

因為地位差距太懸殊，所以反而完全不會在意。

「能正常和那位卡露拉小姐互動的艾爾文也真是個大人物。」

不，湯瑪斯明顯是誤會了。

他只是個因為喜歡上卡露拉小姐，所以才想盡可能和她在一起的笨蛋而已。

「艾爾先生，要再來一碗燉菜嗎？」

「麻煩了。只要是卡露拉小姐的燉菜，不管多少我都吃得下。」

我這邊明明在討論工作的事情，艾爾卻依然悠哉地吃著卡露拉小姐做的燉菜。

「不過布洛瓦藩侯家到底有什麼打算？」

「該不會是有什麼逆轉局勢的計策吧？」

「要是有那麼方便的計策，還需要堅守不出嗎？」

「的確，雖然也可能是在策劃明顯非常愚蠢的計畫。」

連戰連敗看起來已經走投無路的布洛瓦藩侯軍，還是一樣像個縮頭烏龜般堅守不出。

我們已經不曉得看著那個樣子喝了幾次茶。

「卡露拉小姐，妳有什麼意見嗎？」

雖然不曉得她會不會說實話，但我保險起見還是問了一下。

「布洛瓦藩侯軍，目前應該正陷入無法正常發揮的狀態。」

「什麼意思？」

「因為負責人不在，無法應付急速惡化的戰況，所以才只能採取守勢。」

兩名下任布洛瓦藩侯的候補人選，都因為想搶先對方而無法離開臥病在床的布洛瓦藩侯身邊。

站在負責指揮軍隊的侍從長的立場，面對目前的戰況，他應該很難獨自演練對策吧。

「他都沒收到任何命令嗎？」

「雖然現在率領諸侯軍的高德溫是菲利浦哥哥的支持者，但諸侯軍內也有克里斯多夫哥哥的支持者。」

「他們互相牽制，導致無法行動嗎……」

儘管只要能贏或平手就好，但以現在的戰況來說，那實在是一步壞棋。

唉，反正他們不是我的同伴，所以無所謂。

「這樣下去，布洛瓦藩侯家那方一定會被迫接受不利的裁定案。多虧了鮑麥斯特伯爵，他們現在可說是一敗塗地。」

儘管已經厭倦等待，但勝券在握的布雷希洛德藩侯看起來還是很高興。

在紛爭中落敗的布洛瓦藩侯軍，應該很難向沒上戰場的候補繼承人們報告吧。

不對，或許他們已經收到報告，正在苦惱也不一定。

「失禮了！」

就在我陷入沉思時，一名陪臣上氣不接下氣地跑了過來。

「怎麼了？」

「布洛瓦藩侯家那邊，來提出裁定申請了！」

他們似乎突然派使者來大本營，留下了表明希望能開始裁定的信件。

實際上那位陪臣手上就握著那封信，布雷希洛德藩侯急忙拆開信確認內容。

「沒有蠟封啊……不過信件內容倒是很普通……」

我記得前世曾經看過貴族在寄這類信件時，會先用融化的蠟密封信件再蓋上刻有家徽的蠟封印，不過我忘了來源是外國影集還是電影。

這個世界似乎也有相同的習慣，但這次沒有蓋印。布雷希洛德藩侯困惑地確認信件內容。

「寄信人是侍從長高德溫……這下麻煩了……」

「不行嗎？」

「與其說是不行，不如說作為交涉對象，那個人的身分實在太低了。至少也要請候補繼承人出面……」

雖然總算要進行能結束這場紛爭的裁定，但布雷希洛德藩侯對狀況還是不怎麼樂觀。

「總之布洛瓦藩侯家那邊，應該也到極限了。既然對方主動提議裁定，那我也不會手下留情。」

包含我沒參戰的期間在內，布雷希洛德藩侯家與布洛瓦藩侯家長達將近兩個月的紛爭，終於要進展到下一個階段。

在所有戰場中，他們都失去了以前擁有的特權和領地，再加上許多貴族、家臣和士兵被捕，就連專屬魔法師都在本隊之間的戰鬥中被俘。

不管找誰來看，明顯都是布洛瓦藩侯家那方較為不利。

即使維持現狀繼續對峙下去，也不會讓布洛瓦藩侯家那方變得有利。

不如說考慮到費用，只會變得更加不利。

反正都是要輸，不如早點分出勝負，減少必要的花費。
他們或許是這麼想的。
不過他們可能還隱藏了其他王牌，所以我也要一起參加裁定。
希望他們千萬別企圖暗殺布雷希洛德藩侯。
「說得也是。那請薇爾瑪小姐和艾莉絲小姐也一起參加吧。」
裁定的會場，就定在兩軍之前對峙的草原中心。
那裡緊急搭了一座大型帳篷，兩邊最多都能帶二十名隨從。
布雷希洛德藩侯帶了幾名家臣、布蘭塔克先生、幾名參加諸侯軍的貴族與其家臣，以及我、薇爾瑪和艾莉絲一起出席。
坦白講，在進行這種交涉時，薇爾瑪完全派不上用場。
不過她是艾德格軍務卿的養女，非常適合擔任護衛，所以也被選上了。
艾莉絲是霍恩海姆樞機主教的孫女，所以當然也會參加。
畢竟教會的影響力幾乎是遍布整個國家。
「不用這麼緊張啦。今天應該只是見個面而已。」
這是我第一次以貴族的身分參加交涉，因此反常地感到緊張。
布雷希洛德藩侯見狀，便向我搭話舒緩我的緊張。
裁定似乎無法一天就結束。

雙方會各自提出裁定案，在無法達成合意時，就必須針對條件進行協調……原來如此，這樣一天應該是做不完。

在雙方可能毫無交集的情況下達成大致的合意後，就換實際負責處理的家臣們進行協議，確認一些細則與履行條件的方法。這應該也會非常花時間。

「話雖如此，目前是對方壓倒性地不利。所以目的應該是該如何壓低賠償金額吧？」

即使逼他們把領地的所有權交給我們，隨著時間經過，一切還是很有可能又回到起點。

例如在世代交替後，新當家或許會藉由主張「我要取回以前被搶走的特權！」來換取家中的支持，然後再度出兵。

而且單方面獨占特權，也可能會在另一方那裡留下不必要的禍根，導致紛爭擴大。

雙方都非常清楚這點，也知道這樣只會沒完沒了，所以才會認為平分所有權這種曖昧的方式比較好。

「如果想恢復原本的條件，就必須支付高額的和解金和俘虜們的贖金。被俘虜的時間愈長，贖金就愈高。」

對待俘虜時，必須視對方的身分給予相對應的待遇。

因為貴族與幹部特別花錢，所以這筆費用當然就會加在贖金上面。

「而且這次的紛爭還是對方起的頭。」

對方打破規則，沒有事先告知就發動襲擊。

按照布雷希洛德藩侯的說明，這次的和解金額應該會非常高。

「總之先和對方會面吧。」

我們一接近完工後的大型帳篷，布洛瓦藩侯家那邊就有一名士兵吹出高亢的笛聲。像是在呼應對方般，布雷希洛德藩侯家這邊也響起相同的笛聲。

「看來準備好了。那我們走吧。」

在布雷希洛德藩侯的催促下，合計二十人的交涉團走向帳篷。

等抵達時，我發現帳篷的入口已經被打開。應該是叫我們進去的意思。

布雷希洛德藩侯率先入內，裡面擺了能讓二十人面對面坐下的長桌和椅子。

「您就是布雷希洛德藩侯大人嗎？」

「沒錯。您應該不是布洛瓦藩侯吧？」

「我是代理總司令，侍從長高德溫・克雷巴。」

「代理啊……」

布雷希洛德藩侯似乎擔心只是區區侍從長的高德溫，無法擔負交涉的重任。

「請問您有多大的權限？」

「我會馬上將交涉的內容傳達給菲利浦大人。」

「原來如此……那另一位候補繼承人克里斯多夫大人呢？」

「克里斯多夫大人不是候補繼承人！」

高德溫突然激動地說道。這表示他是遵照菲利浦的命令行動，要我們不必考慮克里斯多夫他們的事情。

「（布雷希洛德藩侯，這場交涉有意義嗎？）」

「（或許沒有，但不做也不行。）」

即使在這裡和高德溫達成合意，克里斯多夫與其支持者還是有可能反對裁定案。不對，應該說這個可能性非常高。即使如此，應該還是比繼續等下去要好一點吧？

「我可以問個問題嗎？」

「是的，鮑麥斯特伯爵大人，請問您有什麼問題？」

「都沒有任何布洛瓦藩侯大人的子嗣參加這場交涉嗎？」

我保險起見問了一下。那麼，對方究竟會如何回答呢？

「菲利浦大人非常繁忙。而克里斯多夫大人沒有這個資格。」

我想也是。因為他是以菲利浦代理人的身分和布雷希洛德藩侯交涉，所以當然想主張菲利浦才是下任布洛瓦藩侯。這手法還真是強硬。

「不然請布洛瓦藩侯的千金卡露拉大人當代理人怎麼樣？」

我這也是在找布洛瓦藩侯家的碴。高德溫應該早就知道卡露拉小姐在我們這裡。

「卡露拉大人是女性，所以沒有這種權限。」

「是嗎？不過總比侍從長當代理人好吧？」

「我們開始交涉吧。」

對方漂亮地無視我。既然無法答應我的要求，那會有這種反應也是理所當然。

交涉立刻開始。和預期的一樣，雙方的主張有非常大的落差。

「我們無法接受這種條件，請仔細考慮過現狀後再提出方案。」

「我只能答應菲利浦大人認同過的裁定案。」

如果布洛瓦藩侯家那邊接受這個符合常理的裁定案，將必須支付龐大的贖金與和解金。這樣接受這種條件的菲利浦，在布洛瓦藩侯家會被如何看待？

尤其是那些支持克里斯多夫的家臣，一定會趁機非難他，菲利浦就算賭一口氣也不能在交涉中區居下風，否則就只有死路一條。

話雖如此，就算交涉對象是克里斯多夫也一樣。要是接受慘敗的裁定案，就會換支持菲利浦的家臣們非難他。

在這種情況下，交涉當然不可能有進展……

「你們真的有在面對現實嗎？」

「我們的主軍還幾乎毫髮無傷。如果想再戰一場，那我們也只能奉陪。」

這明顯是看準了我們無法真的開戰，想藉由拉長交涉，盡可能定出對自己有利的條件。

布洛瓦藩侯家的經濟狀況較為拮据。既然不管前進或後退都是地獄，那還是盡力死纏爛打，壓低和解金的金額比較有利。

「即使現在有利，只要我們派出援軍，馬上又會變得不利吧！」

「原來如此，你們還想再次出兵取回原本的紛爭標的啊。很好，那到時候我們也會再次追加兵力。」

原本防守方就比攻擊方有利，到時候我、布蘭塔克先生和卡特琳娜也會再次出戰。

用「區域震撼」麻痺他們，俘虜後要求贖金。

這是一筆不用殺人就能賺錢，非常有賺頭的生意。

布雷希洛德藩侯刻意強調這點，想逼布洛瓦藩侯家讓步。

「話說鮑麥斯特伯爵有什麼意見嗎？」

布雷希洛德藩侯將話題丟給我，希望我發表意見。

「條件就跟剛才提出的一樣。既然你們不願意退讓，那我們也只能一戰了。」

在這種場合，絕對不能示弱。既然我們這邊壓倒性地有利，那當然不可能對他們讓步。

「「「「……」」」」

我的主張，讓參與交涉的布洛瓦藩侯家那邊的武官全都臉色發青。

要是又因為戰鬥而出現大量的俘虜，他們可能會因為贖金而破產。

話雖如此，一旦自暴自棄地演變成開殺戒的戰爭，又會換王宮進行介入。

王國至今之所以對貴族之間的紛爭網開一面，是因為除了少部分的失控外，狀況都被極力控制在不會出人命的範圍內。由於這也是一種發洩壓力的方式，所以王國才會選擇默認，要是違背這項規定，在最壞的情況下，布洛瓦藩侯家可能會被解散。

「大家先暫時休息一下吧。」

在布雷希洛德藩侯的提議下，交涉暫時休止。

「這麼說來，我的確口渴了。艾莉絲。」

「是的。」

艾莉絲和薇爾瑪遵照我的指示開始泡茶，並替我方的人倒茶。

至於茶點則是新款的巧克力點心。

在這種場合，為了向對手展現自己的餘裕，有時候要刻意優雅地喝茶，或是吃些點心與輕食給對方看。

不過這些東西只有分給我方。

如果請對方吃東西，要是後來運氣不好對方突然猝死，會被冠上毒殺的嫌疑。

所以按照慣例，在這種場合不管食物或飲料，都必須自己準備。

「這真好吃。」

「這是我們御用商人的產品。之後布雷希柏格的分店也會進貨。」

「那還真是令人羨慕。請務必也在我們克里嘉子爵領地內販售。」

「那麼，我會叫那位商人找時間去拜訪您。」

「太感謝了。」

「鮑麥斯特伯爵大人，也請別忘了我們庫梅丘男爵領地。」

我們刻意悠閒地討論點心的話題，引誘布洛瓦藩侯家的人焦躁和生氣，然後他們似乎再也忍不下去。最後在雙方做出各自收回原本的條件、等明天再提出新裁定案的結論後，今天的交涉就此解散。

「明天雙方會稍微妥協嗎？」

「這個嘛，誰知道呢？對方似乎希望最少也要談到平手的局面。」

「這種條件打從一開始就不可能……」

「而且那個人根本就沒有承認條件的權限，所以我不覺得有辦法在那裡談出結論……」

高德溫背後的菲利浦，不可能接受這種條件。

不過即使不斷拒絕，也無法終止紛爭，只是不斷為布洛瓦藩侯家的財政帶來傷害。

無論前進或後退都是地獄。而且即使沒發生這些事，他們也有沒分到開發未開發地特權的問題……

「而且即使菲利浦真的接受裁定案，也很可能會被克里斯多夫派給推翻。」

「的確有這個可能性。即使如此，我們還是只能繼續交涉。」

第一天的交涉，單純只是讓大家見個面而已。

然而到了第二天，狀況徹底改變了。

「為了維護交涉的公平性，王都派了馬勒外務委員過來。」

布洛瓦藩侯家那方突然帶了個來自王都的名譽貴族過來。

那個男人外表約五十歲出頭，挺著一個胖肚子的他，看起來就像是會貪污的那種官員。而且明明說是為了維護公平性，卻連通知都沒有就突然把他帶來這點也很可疑。之後那位馬勒外務委員，從交涉一開始就單方面袒護布洛瓦藩侯家。

「王宮不希望東部與南部的騷亂繼續持續下去。在這種時候，就算繼續固執己見也不是辦法。不如恢復戰前的狀態，至於被抓的貴族們的贖金，就按照一般行情來定吧。」

馬勒外務委員就像隻鸚鵡般，直接重複布洛瓦藩侯家那邊昨天提出來的條件，而且他還確實地補上「王宮不希望紛爭繼續持續下去」的大義名分。

這樣當然是談不攏。

布雷希洛德藩侯用和昨天一樣的理論指責布洛瓦藩侯家，起身提出和昨天一樣的條件。

「那個馬勒外務委員到底是誰啊？」

「他是擔任外務卿的休迪利凱侯爵的附庸。」

這麼說來，我以前還住在王都時，好像曾經聽過這個名字。

不過外務卿在赫爾穆特王國內的影響力並不大。

理由是他的工作，就只有和唯一的外國阿卡特神聖帝國交涉。

所以那個組織的規模當然不大，隸屬外務派閥的貴族數量也很少。如果有更多外國存在，外務卿應該會是更有人氣的閣僚吧。

再加上已經有兩百年沒發生過戰爭，所以他的工作就只有定期編組派去帝國的親善團，以及在位於帝國首都的大使館收集情報而已。

此外編組與指導親善團的工作，和負責交易的商務省與工務省的管轄有所重疊，因為王國軍會派武官駐守大使館，所以就連在收集情報方面，都會被搶走一半的工作。

那麼像這種貴族之間的裁定呢？由於這算是同國貴族之間的紛爭，因此是由內務卿管轄。「全閣僚中最沒存在感」、「如果要用身體的內臟來比喻，就是盲腸」，這就是大家對外務卿的評價。

「雖說是外務委員，但其實沒什麼工作。只是為了給貴族一個職位而存在。」

因為是這種名譽職，所以大家都不在意他的動向。

如果他真的能在裁定中發揮極大的影響力，盧克納財務卿事前應該會提醒我們注意。

「布雷希洛德藩侯認識他嗎？」

「認識。」

他是名譽子爵，能力非常平庸。

不過他娶了布洛瓦藩侯的妹妹為妻，並透過這層關係當上外務委員。

「他根本就是布洛瓦藩侯家那邊的人嘛。」

「是啊，雖然派不上用場。」

因為馬勒外務委員並不是基於王宮的命令來參加交涉。

而且他還在這種交涉的場合搬出王宮的名號威脅我們。

要打倒他非常簡單。

「事情就是這樣……我可以認為休迪利凱外務卿打算支持布洛瓦藩侯家嗎？」

『這是天大的誤會。必須一直留在王宮內的外務委員，不僅擅自參加紛爭的裁定，還搬出王宮的名號支持其中一方，這是絕對不能發生的事情。』

由於所有閣僚都擁有魔導行動通訊機，因此我隨時都能和休迪利凱外務卿通話。

話說雖然我和他是第一次通話，但他似乎擁有接受我們訴求的度量。

他確定這是馬勒子爵的獨斷行動。

『明明是私下參加交涉，居然還搬出公職的名號……更重要的是，身為一名官員，本來就不應該出席這種可能引來誤會的場合。看來他沒資格擔任委員。』

「這方面的判斷，應該交給外務卿閣下來裁量，我實在無權介入。只是因為馬勒子爵的行動實在太違反常理。」

『這已經足以構成解任的理由。您可以直接無視他的說詞。』

因為私人理由報出自己的公職名稱，不僅借用王宮的名義，還介入其他機關的職權。

而且他還在貴族家之間的紛爭，偏袒與自己有姻親關係的一方。

考慮到這是多麼危險的事情，也難怪他會被解任。

雖然可憐，但他已經不是外務委員了。

看來對休迪利凱外務卿來說，馬勒子爵並不是那種失去會讓人覺得可惜的人才。

不過本人可能要再過一段時間，才會知道自己被解任了。

「事情就是這樣，因為這次受到休迪利凱外務卿的照顧，所以麻煩幫我轉達艾戴里歐先生，請他準備一些巧克力和水果送給外務卿。」

『我知道了。』

和休迪利凱外務卿通完話後，我立刻聯絡羅德里希，拜託他幫忙送禮。

這不算賄賂，只是因為受到對方的照顧，所以必須進行最低限度的回禮。

我再強調一次，這絕對不是賄賂。

「人脈真是個很棒的東西。」

「不過即使那位子爵失業，也不能保證交涉會有所進展。」

布洛瓦藩侯家的王牌馬勒子爵，過三天後就變得不見蹤影。

看來他已經被上面從外務委員的職位開除，根本就沒空參加裁定。

至於我為什麼會知道，那是因為我昨天收到王宮將派特使來替裁定仲裁的消息。

特使是在貝克內務卿底下，負責管理貴族籍的克奈普斯坦子爵。

年約三十歲的他，將一頭短髮整齊地中分，給人的印象就是一個認真的官員。

不曉得為什麼，在世襲特定官職的貴族中，代代都經常出現擁有類似氣質與容貌的人。

尤其是軍人世家阿姆斯壯伯爵家的人，更是其中的典型。

「我是特使馬修．奧斯卡．馮．克奈普斯坦子爵。為了慎重起見，我先聲明我不會偏袒任何一方，只會站在中立的立場行動。」

用這句話當開場白後，他便靜靜地當個聽眾。

在來這裡之前，他似乎已經調查過這次紛爭的經過與目前的狀況。

然後，他參考了那些情報與過去的裁定案，自己準備了一套裁定案。

不過似乎要等雙方的交涉變得難以達成共識時，他才會提出來。

他似乎認為可以的話，最好還是讓當事人自行解決，讓事情平穩收場，而不是讓王宮逼當事人接受他的裁定案。

「那麼，接續昨天的交涉……」

布雷希洛德藩侯說這句話時，表情非常黯淡。

這是因為這四天來，雙方的條件差距實在太大，完全找不到解決的頭緒。

「贖金另外交涉。為了讓紛爭案件恢復成戰前狀態，我們願意支付一百萬分的和解金。」

「同樣的話你們到底想說幾次？那些和解金，連付這次紛爭的糧食費都不夠。」

「那一百零一萬分。」

「你是在開玩笑嗎？站在我的立場，要是你們不想付和解金，打算直接承認我們掌握的所有特權也無所謂喔。」

「別開玩笑了！」

雖然一切都在預料之中，但雙方的主張毫無交集。

布洛瓦藩侯家那邊到現在都還只顧著自己，希望能在保住面子的情況下，盡可能壓低裁定造成的經濟損失。

另一方面，布雷希洛德藩侯並沒有那麼貪心。

雖說是單方面的壓倒性勝利，但他似乎認為若要求太過分的金額，只會讓對方變得更加頑固而已。

儘管在我方的貴族們面前，他無法表現得太寬容，但他應該是覺得早點解決這件事，將精力用在協助我開發領地比較有利可圖。

「和解金是五億分。一毛錢都不能少。」

許多貴族都因為這次的紛爭而承受了多餘的負擔，如果想讓他們答應回復紛爭前的狀態，就必須交給他們一定程度的現金，而布雷希洛德藩侯家沒義務替布洛瓦藩侯家負擔這筆錢。如果對方不願意付錢，就必須認同現在的狀態。

布雷希洛德藩侯也有他的立場，這對他來說已經是最大的讓步。

「這麼大筆錢，誰付得出來啊！」

布洛瓦藩侯家那邊的負責人高德溫，激動地否定了這項提案。

即使布洛瓦藩侯家是東部的霸主，應該也沒辦法一次付清這麼大筆的和解金。這次的紛爭也讓他們支出了不少軍費，而且之後還必須負擔被俘虜的貴族們的贖金。

再加上即使付了這筆錢，他們也無法獲得開發未開發地的特權，這樣只會讓他們未來的經濟雪上加霜。

「鮑麥斯特伯爵有什麼意見嗎？」

「呃。因為兩邊的主張實在相差太大，這樣下去不管再過幾天都無法解決。唉，相對地贖金的金額也會跟著攀升。」

通常贖金都會再加上俘虜的管理費，隨著紛爭時間被拉長，負擔自然也會增加。

「我還只是個年輕小輩，不清楚和解金的行情。不如就請站在中立立場的特使提供一些意見如何？」

「問我的意見嗎？」

「是的。你應該有計算過了吧？」

「沒錯。為了慎重起見，我的確有計算過。」

身為一個認真的官員，克奈普斯坦子爵也自己擬了一套裁定案。

只能請他報出數字，讓布洛瓦藩侯家面對現實了。

「不過通常像這種王宮方面制訂的裁定案，都不會被採用。」

「沒關係。即使不被採用，至少也能當作參考。」

「是啊。我也想要參考一下。」

「……為了慎重起見，就聽聽看吧。」

布雷希洛德藩侯和高德溫都接受了我的提議。

因為王宮在製作裁定案時幾乎不會偏袒任何一方，而是客觀地觀察現況。反正不可能會對我方不利，即使和解金稍微變少，也還是接受那個裁定案比較有利。

布雷希洛德藩侯應該是認為即使和解金稍微變少，也能馬上透過開發特權填補回來，坦率地接受王宮方的裁定案，也能賣王國一個人情。

即使其他參與紛爭的貴族有所不滿，也只要稍微多給他們一點特權就能解決。

再加上如果布洛瓦藩侯家那邊不接受那個裁定案，也能讓他們被王宮討厭，變得更加孤立。

無論情況如何發展，布雷希洛德藩侯都不會有損失。

「我知道了。那麼我來發表之前試算的裁定案。」

新的裁定案和布雷希洛德藩侯一開始提出的條件相比，幾乎沒有差別。

只有和解金額被減少為四億。

「這和解金額太高了！」

「是這樣嗎？」

面對布洛瓦藩侯家那方的抗議，克奈普斯坦子爵表情不變地歪著頭回答。

「請問你們的和解金是怎麼算出來的？」

「怎麼算的？」

克奈普斯坦子爵維持冷靜的表情，開始說明和解金的明細。

「雖然是沒有條文的習慣法，但我聽說這次的紛爭，是始於布洛瓦藩侯家那方的貴族展開的奇襲。雖然法律沒有規定必須事前通告，但這已經是長年的習慣。因此布洛瓦藩侯家那方必須為破壞習慣這點負責。此外……」

克奈普斯坦子爵刻意看向我這裡。

除了破壞習慣的奇襲以外，還有為了不讓我出兵而進行的後方擾亂行動。

這件事當然也瞞不過王宮，並構成裁定案對布洛瓦藩侯家那方不利的理由。

「關於俘虜的贖金，王宮不打算過問。請你們自行交涉。另外關於讓紛爭案件恢復戰前狀態的和解金，既然都輸到這個程度了，如果不乖乖死心支付，就要做好失去一切的心理準備……」

如果單純只有對峙，那只要「雙方一起退兵」就好，但實際戰鬥過的布洛瓦藩侯家那方已經是失去一切的狀態。

按照克奈普斯坦子爵的說明，站在王宮的立場，也只能叫他們支付和解金。

「總之金額還是太高了。」

「這些話如果被那些突然遭到襲擊、並一度喪失了權利的當事人聽見，他們應該會很生氣吧？」

基本上，僅僅恢復戰前的狀態，就已經有可能讓他們感到不滿了。

如果不支付一定程度的和解金，他們不可能會接受。

「而且我個人也有一個疑問。」

克奈普斯坦子爵似乎有話想問布洛瓦藩侯家。

「什麼疑問？」

「即使裁定案有了結論，又要由誰來簽署？」

「那當然是身為菲利浦大人代理人的我。」

克奈普斯坦子爵以完全沒有變化的表情和語氣發問，高德溫則是以一副理所當然般的語氣回答。

「如果是由高德溫大人簽名，那個裁定案有可能會不被履行吧？」

「不過我是菲利浦大人的代理人……」

「就是這點讓我納悶。關於這次的紛爭，身為負責人的布洛瓦藩侯大人到底做了什麼？」

克奈普斯坦子爵似乎對從頭到尾都沒露面的布洛瓦藩侯起了疑心。

「如果不由布洛瓦藩侯大人親自簽名，即使對裁定案達成合意也沒有意義。此外，雖然高德溫大人自稱是菲利浦大人的代理人，但菲利浦大人應該還沒被指名為布洛瓦藩侯大人的繼承人。當那種人的代理人，究竟能有什麼權限？」

負責管理貴族籍的克奈普斯坦子爵，非常清楚布洛瓦藩侯家的繼承人之爭。所以他知道菲利浦至今仍未被指名為繼承人。

「若布洛瓦藩侯大人正處於無法親自簽名的狀態，那由菲利浦大人當代理人也沒關係。不過既然他尚未被指定為繼承人，那按照慣例，就必須要有布洛瓦藩侯大人的委任書。基本上高德溫大人，連擔任代理人的資格都沒有。」

克奈普斯坦子爵條理分明地指出布洛瓦藩侯家那方的錯誤。

由於被指責的內容都正確無誤，高德溫的臉色開始逐漸發青。

高德溫應該也明白這些事，但因為那是菲利浦的命令，所以他只好擔任代理人。

「克奈普斯坦子爵大人，我可以插一下話嗎？」

「鮑麥斯特伯爵大人，怎麼了嗎？」

「其實布洛瓦藩侯的千金卡露拉大人正好在我家作客，請問她有擔任代理人的資格嗎？」

我試著趁機動搖對方。雖然高德溫也掌握了卡露拉小姐在我們這邊的情報，但他應該不曉得卡露拉小姐來訪的目的。

而且她是基於布洛瓦藩侯的命令行動，對遵從菲利浦命令行動的高德溫來說，她應該是個詭異的存在。

我的提議，讓高德溫的臉色又變得更加蒼白。

「雖然同樣沒有委任書，但至少比高德溫大人有資格。儘管有點不符合常規，但也是能夠讓卡露拉大人擔任代理人統整交涉案，再讓她請布雷希洛德藩侯簽名……」

「請等一下！我們才不承認那種一廂情願的作法！」

高德溫立刻對克奈普斯坦子爵的提議表示抗議。

「一廂情願？才沒這回事。無論是什麼樣的交涉案，只要紛爭當事人雙方都有簽名，就算是有效。如果是卡露拉大人，應該能直接將裁定案交給布洛瓦藩侯大人吧？但如果是高德溫大人，還必須先轉手給菲利浦大人。儘管這不是最好的方法，但目前也只能退而求其次。」

克奈普斯坦子爵合情合理的主張，讓高德溫一時無言以對。知道百分之百是自己理虧的高德溫，就算想反駁也辦不到。

「追根究柢，布洛瓦藩侯大人究竟在做什麼？都到這個地步了，他還不出面……雖然聽說他正臥病在床，但如果是這樣，他應該要任命兒子為諸侯軍的總司令，並為了讓交涉能夠快速進行，將委任書交給兒子才對。紛爭初期的奇襲也是如此，現在的布洛瓦藩侯家真的有人在指揮嗎？」

儘管克奈普斯坦子爵只是中立的第三者，但由於布洛瓦藩侯家的對應實在是太拖拖拉拉，因此情況演變成他單方面地指責布洛瓦藩侯家那一方。

克奈普斯坦子爵是個認真的官僚，所以他應該無法接受不守規定的布洛瓦藩侯家那邊的對應吧。

「該不會布洛瓦藩侯大人已經去世了？」

「不，沒這回事……」

「還是他的病情已經嚴重到無法說話了？那不是應該先決定由誰來當下任當家嗎？」

「不……主公大人目前依然健在……」

這天的交涉，演變成高德溫一直被單方面地責備，就這樣在什麼都沒決定的情況下持續到傍晚。

第六話　突如其來的夜襲

「主公大人，不好意思這麼晚還來打擾……」

「什麼事？」

今天也同樣毫無成果的交涉結束後，我原本正打算就寢，但莫里茲突然在半夜把我叫醒。

我揉著眼睛聽他說話，然後得知布洛瓦藩侯主軍有了動靜，目前已經下令要全軍緊急準備對應。

我命令莫里茲和湯瑪斯叫軍隊做好準備，然後急忙趕去布雷希洛德藩侯身邊。布雷希洛德藩侯和貴族們正一臉嚴肅地對家臣們下達指示。

「數十年前的惡夢又要重現了嗎……」

布雷希洛德藩侯看著布洛瓦藩侯軍的陣地嘟囔道。

我也從魔法袋裡取出望遠鏡窺探狀況。即使我只是個外行人，也能看出布洛瓦藩侯軍正準備展開戰鬥。

「因為交涉進行得不順利，所以打算至少取得一勝嗎？」

「鮑麥斯特伯爵，即使在這裡贏了戰爭，你覺得王國會放過布洛瓦藩侯家嗎？」

我想應該是不會放過。因為王國目前的統治非常穩定，所以絕不容許貴族們打破不能戰爭的前提。要是不小心沒處理好，布洛瓦藩侯家甚至有可能被貶為平民。

「那為什麼他們要做出這種魯莽的行動？」

「大概是因為被克奈普斯坦子爵那番義正嚴詞的言論逼急了吧……」

克奈普斯坦子爵的指摘極為正確。高德溫只能臉色發白地聽著，完全無法反駁。

「他們打算趕在我向王宮報告布洛瓦藩侯的失職之前，趁亂將我收拾掉吧。」

此時克奈普斯坦子爵本人現身了。明明接下來或許會演變成戰爭，他依然冷靜地說道。

「不過是指出布洛瓦藩侯家那方的失誤，高德溫大人就想將我連同布雷希洛德藩侯家諸侯軍一起殲滅……他應該沒想得這麼美吧？大概只是想讓情勢變得更混亂，先將目前的狀況蒙混過去吧？」

「就算這麼做，長期來看也只會讓結果更加惡化吧……」

「鮑麥斯特伯爵大人，對高德溫大人來說，比起將來，還是想想該如何彌補目前的失態比較重要。」

明明自己可能也被盯上了，克奈普斯坦子爵依然冷靜得可怕。

「不過，幸好他們沒突然發動襲擊。」

「畢竟敵我雙方的軍隊，訓練度都不怎麼高。」

在深夜中幾乎連火都沒點就靜悄悄地整好隊，在不被對方發現的情況下前進，然後沒誤傷友軍就發動夜襲……像這種訓練精良的軍隊，早在這兩百年裡就從這個大陸上消失了。畢竟想訓練與維持這種精銳部隊，需要花費大量的金錢與人力。

「看來他們還有至今都沒現身過的預備部隊。」

敵軍在後方似乎還隱藏了其他部隊，如今布洛瓦藩侯家的主軍已經增加到約一萬人。

由於對方的人數幾乎是我們的兩倍，因此才會認為只要先發制人就能獲勝吧。

「相對地，也會造成極大的犧牲。」

「這次死的人，應該會比我以前參加的紛爭還多吧。」

連跟我一起過來的克勞斯都露出黯淡的表情，這場戰爭就是如此魯莽。

即使布洛瓦藩侯軍能在這次的戰役中獲勝，還是會為雙方留下巨大的禍根。

要是真的演變成戰爭，王宮一定會毫不猶豫地介入。

「真是的……淨做些沒意義的事情……」

布雷希洛德藩侯在抱怨的同時，也對自己的軍隊下達迎擊命令。

「不先暫時撤退嗎？」

「在這種深夜中，根本就無法在維持指揮的情況下撤退。只會單方面被敵方蹂躪，造成更多的犧牲。不如直接迎擊還比較好。而且……」

布雷希洛德藩侯看向我。他應該是希望我能和布蘭塔克先生與卡特琳娜一起用魔法迎擊敵軍吧。

「與其這麼做……」

「啊，不可能。卡露拉大人無法抑止敵方的行動。」

我還來不及說完，布雷希洛德藩侯就駁回了我的建議。

的確，畢竟高德溫早就知道卡露拉小姐在我們這裡……

「卡露拉小姐，請妳先去避難。」

既然如此，就只能用魔法迎擊了。不過在那之前，我先命令包含卡露拉小姐在內的女性成員們去避難。無論如何，讓女性留在這種地方實在太危險了。

然而艾莉絲等人拒絕了我的命令。

「我要待在威德林大人身邊。」

「不過萬一發生了什麼事……」

「那樣的機率很低吧？我相信威德林大人的身邊才是最安全的地方。」

儘管語氣並不強硬，但艾莉絲堅定地拒絕離開這裡去避難。

「我也要留下，現在逃已經太遲了，還是待在威爾身邊比較安全。」

「沒錯，我身為冒險者的直覺也是這麼說的。」

「我的直覺也告訴我和威爾大人一起行動比較安全，保護威爾大人是我的工作。」

伊娜、露易絲和薇爾瑪，都拒絕了我的避難命令。

「威德林先生，要是少了我的魔法，你有辦法度過這個危機嗎？我也要留下。」

既然卡特琳娜也說要留下，那我就只好使出全力了。

「威爾，在最壞的情況下，我會帶著你逃跑。」

艾爾明確地宣告如果有什麼萬一，會帶著我逃跑。他判斷只要我能活下來，鮑麥斯特伯爵家就不會受到太大的損害。

「聽起來真可靠。不過艾爾現在是卡露拉小姐的護衛，所以別忘了也務必要讓她逃跑啊。」

要是讓卡露拉小姐死掉，事情可能會變得更加棘手。

「不，請不用在意我。就算我死了，高德溫也不痛不癢。」

「但菲利浦大人不是非常關心卡露拉小姐嗎？」

卡露拉小姐曾說過，就只有菲利浦和克里斯多夫這兩個哥哥，對突然被認領的她非常溫柔。

「雖然哥哥他們很溫柔，但即使高德溫殺了我，他也不會被嚴懲……他們對我的溫柔就只有這種程度。而且表面上，我是前來這裡與鮑麥斯特伯爵大人交涉的，所以怎麼能在這時候選擇避難呢。」

意思是就算只有自己活下來也沒意義嗎……這表示她在布洛瓦藩侯家根本就沒有容身之處，真是個可憐的人。

「艾爾，拜託你保護卡露拉小姐。」

「我知道了。不過在最壞的情況下，就算必須揹著威爾你，我也會帶你逃跑。」

「只能祈禱事情不會變成那樣了。」

艾爾這傢伙，責任感還挺強的嘛。我對他刮目相看了。

「兩位是一對很棒的主從與朋友呢。真令人羨慕。」

「畢竟我們認識很久啦。」

不過一聽見卡露拉小姐覺得羨慕，他馬上又露出鬆懈的笑容。

……我真是白對他刮目相看了。

「既然如此，就只能用魔法迎擊了。」

雖然布洛瓦藩侯軍會出現許多犧牲，但總比出現在我方這裡好……不對，等一下。

「布蘭塔克先生！」

「什麼事？」

「我想跟你商量一下。」

我臨時想到一個或許能減少犧牲的方法，於是便找布蘭塔克先生商量。

「真是亂來……不對，如果是伯爵大人的魔力量，或許辦得到……我知道了。領主大人，我也要去最前線幫忙。麻煩您指揮其他的魔法師。」

「我知道了。就讓我見識一下鮑麥斯特伯爵的手段吧。」

布蘭塔克先生贊同我的提案，和我一起上前線。

「威德林先生，那我呢？」

「當然也要請妳幫忙。」

卡特琳娜也跟我們一起行動。

「艾莉絲，為了預防有人受傷，妳先在後方待命。」

「好的。」

要是艾莉絲出了什麼事，就無法治療傷患了。所以最好還是讓她在後方待命。

「艾爾也和卡露拉小姐一起在後方待命。」
「我也想上前線啊……」
「艾莉絲也拜託你保護了。」
「我知道了啦……」
我也將艾爾留在後方保護卡露拉小姐，因為我留艾莉絲一個人下來，所以也讓艾爾一起保護她。
「伊娜、露易絲和薇爾瑪負責保護我們。」
「我知道了。」
「交給我吧。」
「我會保護威爾大人。」
分配好工作後，我們急忙趕到我方大本營的前線。布洛瓦藩侯軍隨時都有可能展開突襲。
「然後，關於伯爵大人的提案。」
我向布蘭塔克先生提出的建議，就是使用「區域震撼」，讓布洛瓦藩侯軍失去戰鬥能力。
雖然用大範圍的攻擊魔法殲滅對方比較確實，但我沒有殺害好幾千人的覺悟。
「普通的魔法師應該是辦不到，但伯爵大人或許辦得到。」
「只是或許嗎？」
「展開大範圍的『區域震撼』，需要龐大的魔力。除此之外，還有其他因素會增加需要消耗的魔力。」

「區域震撼」原本是對不太會動的目標使用的魔法。如果目標會動，在使用前就必須先預測對方的行動。

「如果是要能讓高速對我們發動突襲的一大群人昏倒的『區域震撼』，就必須在極短的一瞬間對他們使出強烈的『區域震撼』。這樣消耗的魔力也會比平常還要多。」

此外範圍太大也是個問題。

「理論上來說，夜襲一開始都會先讓騎兵隊突擊。等他們推倒了陣地前的拒馬後，再換步兵隊挺進。此外後方也有弓兵。所以戰場上會分成有敵人在的區域和沒敵人在的區域，要只針對有人在的區域使用『區域震撼』根本就不可能。既然必須對廣大的範圍施展魔法，消耗的魔力當然會非常龐大。」

「原來如此，不愧是布蘭塔克先生。」

「不過就算能想到這裡，我也沒有足夠的魔力能施展關鍵的『廣域區域震撼』。最後一點，就等到了現場再說明吧。」

我們移動到設置在大本營前方的拒馬外面後，發現布洛瓦藩侯軍已經完成整隊，正打算突襲這裡。

「我大略計算了一下，我和卡特琳娜姑娘兩個人加起來，頂多只能負擔其中的五分之一。」

「其他魔法師呢？」

「他們有其他的工作要處理。」

和布蘭塔克先生說完話後，布洛瓦藩侯軍終於開始突擊。
打頭陣的是由騎士指揮的騎兵隊，接著從他們後方飛來大量的箭矢。
「其他魔法師光是幫友軍防禦箭雨就已經很吃力了。我們也沒多餘的魔力展開『魔法障壁』。
小姑娘們，這樣你們聽懂了嗎？」
「我知道了。」
「了解，威爾就集中精神施展魔法吧。」
「剩下的事情就交給我們。」
箭矢平均地朝位於最前線的我們落下，伊娜、露易絲和薇爾瑪的工作，就是擋下那些箭矢。
我、布蘭塔克先生和卡特琳娜當場坐下，從魔法袋裡拿出大量的魔晶石。我們平常都會將多餘的魔力儲存起來。
即使用光這些魔晶石，也不確定能不能順利實施布蘭塔克先生的計畫。
「真像雷陣雨呢……」
「只是一被淋到就會血流滿地。」
站在我們前方的三人，伊娜將長槍像車輪般旋轉，露易絲用拳頭與踢擊敏捷地將箭矢擊落在地。
薇爾瑪揮舞戰斧掀起強風，改變所有可能射中我們的箭矢的軌道。
「布洛瓦藩侯軍的弓兵隊並沒有經過多少訓練。」
雖然三人的動作看起來都很隨興，但其實技巧非常高超。

「既然如此，就只能將一切都賭在伯爵大人的魔力量上了。伯爵大人，剩下的五分之四就拜託你啦。」

「可以拜託你們至少幫忙負擔三分之一嗎？」

「很遺憾，伯爵大人的魔力量成長得非常快速，已經將我遠遠拋在後頭了。」

布蘭塔克先生和卡特琳娜預定將展開估計能抓到兩千人的「區域震撼」。

我則是負責處理剩下的八千人。因為這陣子都在用魔法開發領地，讓我的魔力量成長地非常順利，所以才必須負責這種大規模的工作。

「我知道了。」

即使只有一半沒有麻痺到，兩軍也將被迫展開血淋淋的戰鬥。

因為我一個人就負責八成，就算另外兩人失敗，在人數上領先的我們，還是能夠撐到援軍過來支援。所以我可以說是責任重大。

「卡特琳娜姑娘，拜託妳專心處理我們負責的範圍。」

「我知道了。不過這魔法好難控制魔力。」

「只要照我教妳的去做就行了。」

在伊娜她們幫我們擋下宛如雷陣雨般的箭矢時，我們三人同時集中精神，開始發動「廣域區域震撼」。

「使用時的感覺並非從體內擠出細長的魔力，而是維持最大值的狀態直接釋放出來。在體內的魔力耗盡前，要連續不斷地從魔晶石裡吸收魔力。妳可以當作兩件事是同時在進行。總之要小心如果魔力中斷，魔法也會跟著停止。」

我們三人一共擁有六十顆魔晶石。

根據布蘭塔克先生的計算，只要我們在失去意識之前用光所有的魔力，應該就能勉強讓敵軍大部分的人都失去戰鬥能力。

「要是真的不行，我會揹著威爾大人和卡特琳娜到艾莉絲大人那裡。」

「就這麼辦吧，讓艾莉絲姑娘對你使用『奇蹟之光』後，就快點逃跑吧。」

布蘭塔克先生也贊成薇爾瑪的提案。他應該是認為至少絕對不能讓我死掉吧。

「那麼，我和露易絲只要扛著布蘭塔克先生逃跑就行了。」

「說不定會有一點大叔的臭味，但我會忍耐。」

「喂！我還沒那麼臭吧！」

露易絲說得實在太過分，布蘭塔克先生激動地抱怨。

「我可是比一般的老頭還要年輕。畢竟我又不必照顧家庭。」

就在說這些話的期間，我們已經能看見布洛瓦藩侯軍的頭陣，騎兵部隊的身影。

但我們不能在這時候就急躁地施展魔法。因為這次作戰能否成功的關鍵，就是要在適當的時機施展「廣域區域震撼」。

「不能焦急……還差一點……」

負責指示施展「廣域區域震撼」的最佳時機的，是我們當中最老練的布蘭塔克先生。如果由我來指揮，可能會抓不準時間。

在兩軍逼近到極近距離後，開始出現中箭落馬與來不及架盾被射中的人，使這裡化為真正的戰場。布雷希洛德藩侯軍也沒用演習用的箭，而是使用真正的箭。

現在兩邊都已經是相同的狀況。

「就是現在！」

在布蘭塔克先生的指示下，我們開始朝各自分擔的區域發動「廣域區域震撼」魔法。由於指定了廣大的範圍，因此我能感覺到自己的魔力正急速流失。

我連忙從魔晶石裡吸取魔力。

一個、兩個、三個，魔晶石的魔力瞬間被吸空，就在最後一顆被吸乾的瞬間，已經逼近到前方五十公尺處的敵軍一個接一個地同時摔倒在地。

騎士連同麻痺的馬匹一起當場摔倒，步兵連防禦都來不及就直接倒地。

「成功了嗎？」

雖然我想立刻確認，但已經沒那個力氣。

布蘭塔克先生和卡特琳娜似乎也因為魔力用盡，而直接失去意識。

「威爾，你沒事吧？」

「我也不行了……剩下就……」

在對伊娜說完「拜託妳」之前，我已經直接完全失去意識。

＊＊＊

「……」

「沒事吧？威爾？」

我、布蘭塔克先生和卡特琳娜三人，對將近一萬名的布洛瓦藩侯軍施展了「區域震撼」，並因為魔力耗盡而失去意識。到這裡我都還記得，但我沒有後續的記憶。

明明敵人是在夜間來襲，現在太陽卻很亮。

看來我似乎睡了一段很長的時間。既然我正躺在簡易床鋪上，表示這裡是我軍的帳篷內嗎？

「布洛瓦藩侯軍呢？」

「全滅了。」

伊娜擔心地看著剛醒來的我，對我說明我們昏迷後發生的事情。

「廣範圍的『區域震撼』成功了。」

看來三人各自定好自己的分擔、用光所有魔晶石的策略奏效了。

實際上伊娜拿給我看的魔晶石裡面的魔力也都用光了。

「布蘭塔克先生和卡特琳娜，在魔力用盡後也都睡著了。」

「這樣啊……不過，為什麼艾莉絲沒有對我使用『奇蹟之光』？」
只要魔力恢復，我應該也能幫忙進行戰後處理。

「艾莉絲忙著在幫別人治療。無論敵我，都出現了許多傷患。因為布洛瓦藩侯軍幾乎所有人都失去了戰鬥能力，所以布雷希洛德藩侯大人希望她能優先治療傷患。」
如果只是戰後處理，就算少了我也能進行。姑且不論「區域震撼」成效如何，我們早就預料到會有傷患，所以我們事先就知道必須請艾莉絲幫忙使用治癒魔法。

「損害真的那麼大嗎？」

「光是死者，就有將近兩百人……」
我逐漸回想起昨晚發生的事情。
雖然我們為了讓「區域震撼」捕捉到所有敵軍，而盡可能引誘布洛瓦藩侯軍靠近，但那時候雙方都已經射了許多箭。

「有些人被射中要害，我們這邊也出現了十三名死者。」
由於布雷希洛德藩侯軍早就嚴陣以待地準備迎擊，所以損害遠比布洛瓦藩侯軍少。但損害就是損害，有人死掉這件事也不會改變。

「再來就是死傷者主要都是騎兵。」

「咦？」
因為我們在他們騎馬奔馳時連馬一起麻痺，害他們落馬。

所以死傷者當然集中在騎兵隊裡。

在日本的戰國時代與江戶時代，似乎也有許多武士和大人物是死於落馬，既然是從和這個世界的純種馬差不多大小的馬上急速墜落地面，那當然會出現許多死者。

即使如此，我只能認為這總比讓兩軍認真交戰要好。

而且最後還是有些漏網之魚，似乎有數百名待在後方的布洛瓦藩侯軍士兵，逃過了「區域震撼」。不過由於眼前的友軍突然倒下，因此他們也沒特別抵抗，就直接捨棄武器投降了。

再來就是我們也接收了布洛瓦藩侯軍的大本營，雖然為了看守物資，那裡還留了約一百名的士兵，但一聽說主軍已經全滅，他們馬上就投降了。

「艾爾率領軍隊，成功接收了對方的大本營。」

「那傢伙有認真在工作呢。」

原來他沒有只顧著擔任卡露拉小姐的護衛啊。

「他很得意地對卡露拉小姐說『我被任命為臨時指揮官了』。」

「我能理解他的心情……因為男人被賦予需肩負責任的職務後，通常都比較受女生歡迎。」

「艾爾只要一和卡露拉小姐在一起，就會變得很有幹勁。」

卡露拉小姐的存在，目前還對艾爾有正面的影響啊。

雖然感覺就像在馬面前釣一根胡蘿蔔一樣……

「……然後，因為艾爾帶軍隊出去，所以我們原本就沒什麼人的大本營又變得更冷清了。」

我環顧周圍，發現幾乎看不見士兵。

看來艾爾連新僱用的那些人，都帶去接收敵方的大本營了。

「布雷希洛德藩侯軍也派了援軍，除了敵方的大本營以外，大家也忙著占領其他糧食補給處和俘虜剩下的殘兵敗將。」

既然已經確定獲勝，就算少了我們，同伴也能順利行動。

「雖然應該沒剩多少士兵在守備，但不曉得大家能不能順利占領那些地方？」

「和大本營一樣。沒有造成任何犧牲，防守的士兵全都投降了。」

幸好那些人都是騎士與貴族，所以不會戰到最後的一兵一卒。

「大獲全勝呢。」

面對一萬的敵軍，我們只犧牲不到一半的人就獲勝，我覺得這樣算是做得很好了。

至於犧牲者的部分，也只能設法想開一點。

「敵人的主要貴族和家臣呢？」

「都已經被我們俘虜了。」

大人物裡沒有出現死者啊……不過新追加的贖金，又會為布洛瓦藩侯家帶來極大的負擔吧。

「關於這件事，布雷希洛德藩侯大人有話想跟你說。」

「我知道了。」

因為睡了很久，我的魔力已經恢復，甚至還覺得魔力量有稍微增加一點。

相對地我的肚子變得非常餓，甚至覺得有點頭暈。

我從魔法袋裡拿巧克力出來吃，在伊娜的協助下從簡易床鋪上起身。

「沒事吧？」

「和與龍魔像戰鬥時一樣，馬上就會恢復。」

過了一會兒，或許是糖分抵達腦袋，感覺變得清醒多了。

這樣我總算能去找布雷希洛德藩侯了。

「要我扶你嗎？」

「我頭還有點暈，麻煩妳暫時扶我一下吧。」

「我知道了。」

伊娜一把我扶起來，我就隱約從她身上聞到一股香香的味道。在充滿男性的戰場，這讓我覺得有點賺到，考慮到我的貢獻，這點程度的優待應該還好吧。

「卡特琳娜呢？」

「在那裡。我想她應該還在睡。」

移動到附近的另一張簡易床鋪後，我發現卡特琳娜已經醒了。

「肚子好餓……不過還是忍耐一下吧。」

「妳在減肥嗎？」

「威德林先生？我、我只是為了慎重起見。」

「慎重起見啊……」

雖然我覺得她看起來並沒有很胖。不如說還因為消耗了大量魔力，而變得有點瘦了？

「……比起這個，榮譽準男爵大人，布雷希洛德藩侯在找妳喔。」

「這樣啊。」

因為她也是貴族，所以也有被傳喚。或許是因為魔力用盡後睡了將近半天，她似乎沒辦法自己起身，只能繼續坐在簡易床鋪上發呆。

「來，吃點甜的東西吧。這樣會比較舒服。」

「甜的東西？」

「這是布蘭塔克先生教我的。真是的！妳根本就不需要減肥吧！」

既然如此，就只能硬塞進她嘴裡了。

不過要是用手塞，她可能會把嘴巴閉起來，所以要先讓她無法冷靜地判斷。

我將巧克力碎片含在嘴裡，直接親吻卡特琳娜並用舌頭把巧克力送進去。

也就是硬用嘴巴餵她。

「唔——！」

我出乎意料的行動，似乎讓對這種事情沒有免疫力的卡特琳娜整個腦袋都沸騰了起來。

雖然她紅著臉愣住，但還是有把我塞進她嘴巴裡的巧克力吃下去。

「再餵妳吃一點吧。」

之後我總共用嘴巴餵了她三次巧克力。
腦袋依然維持沸騰狀態的卡特琳娜，毫無抵抗地吞下我餵她吃的巧克力。
「看來很順利。」
「威爾，姑且不論最開始那一次，後面兩次真的有必要嗎？」
「當然有啊。」
因為我們必須盡快去見布雷希洛德藩侯才行。
不過要是因為這樣讓伊娜覺得不公平就不好了，所以我再次將巧克力碎片含進嘴裡，換親伊娜並餵她吃巧克力。
「你幹什麼！唔嗯……」
害羞的伊娜稍微抵抗了一下，但馬上就逐漸放棄掙扎。
她收下我用舌頭塞給她的巧克力，舔了一下後吞下去。
「沒必要讓我也吃巧克力吧！」
伊娜紅著臉開始向我抗議。
「我覺得公平一點比較好。」
「現在不需要啦！必須快點去見布雷希洛德藩侯大人才行。」
「這樣啊，喂——卡特琳娜。」
「都怪威爾做那種奇怪的事情……」

我看向卡特琳娜，發現她依然紅著臉愣在原地。

看來刺激太強，她還沒返回現實世界。

「喂——卡特琳娜。」

「不能突然對卡特琳娜做那種事啦！」

明明連未婚妻中最認真的伊娜都只是稍微臉紅一下就馬上恢復正常，卡特琳娜只被親了幾下，就變成這副德性。

原來如此，外表和內在落差很大的人，光看就很有趣呢。

「現在不是感動的時候了。必須快點帶卡特琳娜一起去。」

「我差點忘了這件事。」

「不要忘記啦！」

「就是啊。領主大人派我來叫你們，結果就看見伯爵大人在做連看的人都覺得害羞的事情……」

布蘭塔克先生在不知不覺間來到我們面前，而且剛才的醜態好像都被他看見了。

「雖然我覺得年輕是件好事，但現在有事情要談。」

「威爾——！」

是因為覺得害羞嗎？

伊娜再次變得面紅耳赤，並開始責備我。

「話說卡特琳娜姑娘什麼時候才會恢復？」

「誰知道？畢竟我是第一次這麼做。」

在我們三人談話的期間，卡特琳娜依然滿臉通紅地在簡易床鋪上發呆。

「鮑麥斯特伯爵，你的魔力恢復了嗎？」

「是的。」

等卡特琳娜總算恢復清醒後，我們連忙前往布雷希洛德藩侯軍的大本營。

……雖然就在旁邊而已。

布雷希洛德藩侯與數名家臣，以及約十名組成諸侯軍的貴族與其家臣也都聚集在那裡，我們是最晚到的一群人。

伊娜以護衛的身分和我一起出席，而身為榮譽準男爵的卡特琳娜雖然沒派出諸侯軍，但也以一名貴族的身分參加。

入座後，一名年輕的勤務兵替我倒茶。

……果然還是艾莉絲泡的比較好喝。

不過她正忙著治療昨天的戰鬥造成的大量傷患，所以現在說這個也沒用。

「那麼，因為昨天被捲入出乎意料的『戰爭』，大家都辛苦了。」

布雷希洛德藩侯刻意強調「戰爭」這個詞。

畢竟那和至今的貴族間紛爭，是完全不同的東西。

這次的衝突造成了兩百名以上的死者，而且和幾十年前那場偶發的衝突不同，這次布洛瓦藩侯軍明顯是打算發動戰爭。

他們召集之前在後方埋伏的援軍，將訓練用的武器換成一般武器，讓騎馬的騎士們帶頭，企圖蹂躪並粉碎布雷希洛德藩侯軍。

如果被他們得逞，布雷希洛德藩侯軍的犧牲者應該會輕易達到四位數。

「總之這狀況實在令人困擾……不幸中的大幸是，王國的特使克奈普斯坦子爵也在這裡。」

因為他能當證人，證明這場「戰爭」是由布洛瓦藩侯家那邊挑起。

這樣至少我方不會被單方面責備。

雖然也不能保證他會不會在關鍵時刻倒戈到布洛瓦藩侯家那邊，藉此賣他們人情。

就是因為有可能做出這種事，才叫做貴族。

「我是王宮那邊的人，雖然或許有人會對這點感到不安，但這場『戰爭』確實是由布洛瓦藩侯家主動挑起。」

克奈普斯坦子爵表示自己明明是按照習慣提出了符合行情的裁定案，結果對方卻因為感到不服而企圖打破這個不利的狀況，輕率地挑起「戰爭」，這是絕對不該發生的事情。

儘管他的表情看起來跟平常一樣，但我覺得他個人應該也感到非常憤怒。

畢竟他昨晚也住在這裡，在最壞的情況下也可能會被殺掉。

「不過現在有個大問題。」

那就是該如何解決這個已經變得更加混亂的狀況。

目前由我方貴族在各地管理的俘虜，以及布雷希洛德藩侯家管理的俘虜，加起來已經將近兩萬人。

即使之後會向對方請款，但管理起來還是要花不少工夫。

此外雖說是迫於無奈，但我們已經朝布洛瓦藩侯領地進軍。

我們似乎還前往位於敵軍大本營的十幾個糧食儲備所，將早上運送糧食過去的輜重部隊都全部一起逮捕了。

「因為人數眾多，所以必須頻繁地運輸糧食吧。」

不過要是輜重部隊沒有回去，布洛瓦藩侯家那邊應該會起疑心吧。

在那之前，他們慘敗的消息應該就會先自動散播出去，因為不可能沒有任何人逃跑，所以布洛瓦藩侯家那邊遲早會收到情報。

「目前可以先使用之前接收的糧食，不過因為已經是『戰爭』狀態，所以還要再徵召追加的諸侯軍。」

「還有什麼問題嗎？」

「我們之後到底該跟誰交涉才好？」

「畢竟克奈普斯坦子爵一問有誰能簽署裁定的協定書，對方就攻過來了。」

困擾的是，我們到現在還不曉得是誰在指揮布洛瓦藩侯家。

即使布洛瓦藩侯本人還活著，現在的他恐怕也無法對人下達指示。

雖然通常是由繼承人代理領主統治領地，但那個家發生了繼承紛爭。所以企圖讓長男菲利浦繼承領主之位的諸侯軍幹部們才會出兵，並在最後敗北。別說是立功了，根本就是丟臉丟大了。

「率領那支軍隊的幹部們，已經全部被捕。因為大人物不可能親自上前線，所以沒有出現死傷。」

似乎也沒有人因為「區域震撼」落馬而死。

要是至少有個人因為上前線而犧牲，我或許還會同情他們，但他們毫髮無傷地成為俘虜，這不負責任的態度實在讓人想吐。

「能從那位千金小姐那裡問出什麼情報嗎？」

「我想她手中應該已經沒有堪用的情報了。」

卡露拉小姐是以祕密特使的身分孤身來訪，在那之後就沒有和布洛瓦藩侯家取得聯絡。

在她來鮑麥斯特伯爵領地前，布洛瓦藩侯雖然臥病在床，但似乎還能正常地說話。不過從現況來看，他不是已經死了，就是已經失去意識。

菲利浦和克里斯多夫，都在布洛瓦藩侯的病床附近獨斷地下達指示，所以才害現場變得如此混亂。

「就算讓卡露拉小姐當代理人進行交涉……應該也沒用吧……」

如果布洛瓦藩侯無法簽署裁定案，那得讓菲利浦或克里斯多夫其中一人簽署。

「即使新當家的人選已經確定，對方也很可能不願意接受條件和簽名。」

新當家的立場基本上都不穩固。

所以無法馬上在家臣們面前簽署必須支付一大筆錢的裁定案。要是新當家真的這麼做，可能會被認為他太過懦弱的家臣們給拉下臺。

現在並非戰亂時代，大貴族的當家很難掌握獨裁權。

「印綬官只會將印綬交給當家或當家承認的繼承人。在當家生病尚未決定繼承者時，絕對不會讓人使用印綬。」

「的確是有這個可能。但困擾的是，我們完全不曉得對面的狀況。」

一位老邁的子爵，向布雷希洛德藩侯抱怨。

除非貴族家的當家在文件上簽名，否則文件無法發揮效力。

因此雖然這世界沒有像日本那樣的印章，但王家會賜予貴族們刻有徽章的純金印綬，作為當家的證明。

在替信件蠟封時，只要在上面蓋章，就能證明那封信是真的。

雖然擁有那個印綬的人才是當家，但是大貴族都會將那個印綬，交給一種叫印綬官的家臣管理。

「儘管是非常不起眼的職位，但大貴族都會優待印綬官。」

因為挑選時比起能力，更重要的是那個人是否誠實並對主人忠誠。

此外也經常有當家只偷偷向印綬官透露繼承人的名字。

若主人有交代要由誰繼承，在主人死後，印綬官就必須賭命將印綬交給那個人。

過去也有印綬官是被其他候補繼承人殺害。

「如果布洛瓦藩侯還沒死，那印綬官就算賭一口氣，也不會將印綬交給任何人。不過……」

要是布洛瓦藩侯在還沒決定繼承人之前就去世，那情況又會變得如何？

這個答案沒有任何人知道。

「印綬官也算是文官。如果布洛瓦藩侯在菲利浦大人出兵時去世，克里斯多夫大人有可能會逼印綬官將印綬交給他。即使菲利浦大人有派心腹留守，應該也派不上什麼用場。」

布雷希洛德藩侯說明這就是兩人堅持留在布洛瓦藩侯的病床附近的理由。

「完全找不到解決問題的線索呢……話說回來，王國也把印綬還給我了。」

在威格爾家復興的同時，王國也將印綬還給了卡特琳娜。

當然也有獲賜印綬的我，從魔法袋裡拿出印綬。

「鮑麥斯特伯爵還是新興貴族，要再過幾十年才會決定印綬官吧。」

想找到能夠信任的誠實家臣本來就不容易，而且專任的印綬官單純只是保管印綬，就能獲得薪水，所以只有大貴族會僱用。

通常中堅以下的貴族不是自己保管印綬，就是讓其他家臣兼任印綬官。

「你將印綬改造得十分豪華呢。」

「因為羅德里希說豪華一點比較好。」

御賜的印綬外表看起來和文具店也有賣的便宜印章差不多。

由於是純金打造，因此就算這樣也很豪華。
此外雖然印章的部分不能更動，但握把的部分可以任意改造。
為了讓印綬看起來比別人豪華，大貴族都會改造握把的部分。
明明平常就不會給別人看，只能說貴族果然是愛面子的生物。
「上面刻了兩隻交纏在一起的龍呢。」
「這姑且是因為鮑麥斯特家是靠討伐龍出人頭地的家門。」
龍是用黃金雕刻，眼睛的部分則是鑲了綠寶石。
羅德里希找了王都知名的工匠打造這些雕刻。
「你也有認識工匠啊？」
「我以前當冒險者時，曾經幫他們採取一些特殊的素材。」
羅德里希的人面還是一樣廣。
他馬上就委託專門的工匠，替鮑麥斯特伯爵家打造了豪華的印綬。
「不過感覺不太好拿呢。」
「我們也是等到雕刻完成後才發現這點。」
我和羅德里希之前都沒預料到事情會變成這樣。
由於我們兩人之間的氣氛變得有點微妙，因此我試著轉換話題。
「不過現在這狀況還真是麻煩呢。」

「辛苦的部分，我之後會好好地敲詐回來。」

「講敲詐好像有點太低俗了。不過對方發動了多餘的夜襲，所以和解金和贖金應該會大幅增加吧。」

始終面不改色的克奈普斯坦子爵，正在拚命修改能當成參考的新裁定案。

「為了讓裁定案變得對我們有利，要不要占領某個城鎮？」

「不，占領城鎮太麻煩了。」

由於是其他貴族的領地，因此或許會有笨蛋進行掠奪行為。

既然不希望騷動繼續擴大，那再增加爭執的契機也沒有意義。

布雷希洛德藩侯駁回了某位年輕貴族的提議。

不過相對地，艾夏戈草原已經幾乎都被我們占領了。

我們在占領敵人的大本營和糧食儲備所時，順便控制了那些地區。

「如果紛爭還會繼續持續下去，那有占領地，在裁定時會比較有利吧。」

結果那天的會議，在做出直到布洛瓦藩侯家那邊派使者過來之前，都要繼續管理占領地和俘虜的決定後就散會了。

和布雷希洛德藩侯他們討論完後，我回到我軍的大本營，此時率領士兵活動的艾爾已經回來了。

「簡單來講，就是什麼都沒決定。」

「因為其中一方完全沒派能交涉的人來，所以也無可奈何。」

說明完現狀後，艾爾皺著眉頭說道：

「我們真的贏了嗎？」

這個問題實在很難回答，因為這次對方徹底無視規則和習慣。

「我覺得不管再怎麼說，哥哥們都差不多該出面了。只是他們應該只會和高德溫一樣，搬出只對他們有利的提案。」

「卡露拉小姐，妳不用在意這種事啦。」

「對不起，還讓你特地安慰我。」

雖然艾爾試著安慰卡露拉小姐，但由於裁定交涉已經失敗過一次，目前誰也不曉得會不會有下次。

第七話　快點叫負責人出來！

「今天的點心，我試著做了糖煮無花果。」

「卡露拉小姐真厲害。」

「因為在這裡沒辦法做蛋糕，所以這樣就算很豐盛了。無花果也是在這附近採的。」

「卡露拉小姐的出身和我們很像呢。」

「是的，因為我以前是寄居在貧窮騎士爵家裡吃閒飯。」

目前還是一樣沒有要展開裁定交涉的跡象，但卡露拉小姐已經完全融入我們，和女性成員們一起融洽地做菜和洗衣服。

露易絲也和平民出身的她很合得來。

「艾爾先生，我幫你把衣服補好了。」

「謝謝。我實在不擅長裁縫……」

「艾爾先生有其他的工作。所以這種事就交給我們吧。」

艾爾和卡露拉小姐……看起來感情非常好。這是基於友情，還是兩情相悅呢？我實在無法判斷。

「威爾，就算卡露拉小姐成為我的妻子，應該也能和艾莉絲她們相處得很融洽吧！」

艾爾一個人高興地說道。

大概是因為卡露拉小姐幫他縫衣服，讓艾爾覺得她已經是他的女朋友了吧。

雖然她也有幫其他的士兵縫衣服，但就算這樣告訴艾爾，應該也沒用吧。

「你好像接連立下戰功呢。」

「哎呀，只是單純的保障占領（註：為了保障對方實現協定內容所進行的占領）。根本就沒有戰鬥。」

即使我們占領了艾夏戈草原，布洛瓦藩侯家依然沒什麼反應。

因此感到困擾的布雷希洛德藩侯，只好占領布洛瓦藩侯領地或其附庸領地內的城鎮。

不過真的派軍隊過去占領也很麻煩，因此統治的工作還是交給當地的負責人，只派軍政官駐守那裡。

雖然被迫進行占領，但要是真的讓軍隊進駐並與當地的居民產生衝突，可能會被王國政府找麻煩。

考慮到這些因素，布雷希洛德藩侯利用魔導行動通訊機與閣僚們進行商談，同時控制自己的軍隊。

「統治領地的日常工作、與開發鮑麥斯特伯爵領地有關的工作，還有與諸侯軍和占領地有關的工作。鮑麥斯特伯爵，有沒有能讓我分身的魔法？」

黑眼圈愈來愈嚴重的布雷希洛德藩侯認真地問我這個問題，讓我不曉得該如何回答。

為了解決人手不足的狀況，我派曾經是布洛瓦藩侯家家臣的湯瑪斯等人去布雷希洛德藩侯那裡工作。

因為他們很熟悉占領地的地理狀況，所以才讓他們去幫忙。

「話說這狀況該怎麼處理？」

變成俘虜的那些隸屬布洛瓦藩侯家的貴族們也是個問題。被俘虜的期間愈長，贖金就會愈高，而且領地一口氣少了這麼多人，恐怕會連農務都無法順利進行。

因此布雷希洛德藩侯只好叫他們簽署誓約書，保證之後一定會支付贖金後，就釋放了他們。

光是不必管理他們，就能大幅減輕我方的負擔。

從布雷希洛德藩侯家這邊的貴族們的角度來看，要是戰爭就這樣持續下去，導致鄰近領地的統治體制因此麻痺或崩潰，可能會害他們因為通商停滯與難民問題而一起被連累。

就連在這種危機時刻，布洛瓦藩侯家都還是沒有出面，這讓那些貴族們對自己的宗主感到非常失望。

「布雷希洛德藩侯大人，請讓我成為您的附庸。」

「也算我一個！我再也受不了不負責任的布洛瓦藩侯了！」

他們一齊倒戈到布雷希洛德藩侯這邊。除了對沒照顧附庸的宗主感到失望外，他們應該是認為只要加入南部，就能分享開發的特權吧。

布洛瓦藩侯家的勢力因此更加衰退。

不過因為這是自作自受，所以沒有人同情他們。

在這樣的背景下，布洛瓦藩侯家的代表總算現身了。
「果然不至於帶軍隊來呢。」
「畢竟召集軍隊也要花錢。」
駐留草原的布雷希洛德藩侯軍，在最前線搭了個大型帳篷，布洛瓦藩侯家組成的使節團就出現在那裡。
然而交涉又再次變得窒礙難行。
與其說是遭遇阻礙，不如說連開始都沒開始。
「我是菲利浦．馮．布洛瓦！」
「我是克里斯多夫．馮．布洛瓦。」
雖然大致猜到事情會變成這樣，但布洛瓦藩侯家的兩位首腦都來了。
然後就在布雷希洛德藩侯詢問該與誰交涉時，那兩人就開始吵了起來。
「應該由身為長男的我來交涉！」
「你在說什麼啊！現在事情會變成這樣，不就是因為你的失誤嗎？應該由我來交涉！」
最後爭吵愈演愈烈，就連雙方帶來的家臣都加入了戰局。
「企圖引發愚蠢戰爭的你們，根本就沒資格參加交涉！何況你們的人都被俘虜了，這次來的都只是些小人物。這樣的成員，對布雷希洛德藩侯大人很失禮吧！」
「你們才是明明一開始都沒反對，後來卻沒準備好預算和物資！結果戰況一變不利，馬上就改變了立場！你們這些文弱的傢伙才應該閉嘴！」

「讓只會揮劍的笨蛋去交涉？想說夢話請等睡著後再說！」

「一群自以為是知識分子的低能傢伙！你們只有外表看起來比較聰明吧！」

要是布洛瓦藩侯還健在，或許就不會展現出這種醜態。

再加上明明最多只有二十人能參加交涉，菲利浦和克里斯多夫卻各自帶了二十名隨從。然後互不相讓的兩人，又再次陷入爭吵。

「不然一人帶一半的人參加吧？」

看不下去的布雷希洛德藩侯出言相助，但連這都成了新的爭執原因。

「諸侯軍的幹部大多都已經被俘虜，菲利浦大人的使節團應該用不到十個名額吧？」

「這次要交涉的是與軍事行動有關的裁定！怎麼能減少統率諸侯軍的菲利浦大人的隨從！你們才是除了簽文件以外一無是處！根本不需要派到十名隨從吧！」

要是就這樣置之不理，不管再等多久都無法進行交涉，因此看不下去的克奈普斯坦子爵，勸他們一人帶一半的隨從進入帳篷。

克奈普斯坦子爵並不屬於任何一方，是由王國派來維持中立的人物。

注意到惹他生氣會對交涉不利的兩人，坦率地各帶十名隨從進入帳篷。

「在交涉之前，關於調解書的簽名……」

「父親在五天前去世了，所以只要兩個人一起連署就算有效吧。」

「原來如此。」

從克奈普斯坦子爵的表情來看，他似乎接受了克里斯多夫的回答。

不過兩人總算露面的理由，居然是因為父親布洛瓦藩侯去世了。

儘管我沒見過布洛瓦藩侯，但總覺得他是個可憐的人。

「那麼，關於繼續交涉的事情……」

之前提出的裁定案，當然已經全部無效。

畢竟前提條件已經徹底改變了。

「其實這次和布洛瓦藩侯家一起出兵的貴族們……」

因為布洛瓦藩侯家實在太不負責任，所以他們都表示要改認布雷希洛德藩侯為宗主。

然後，雖然紛爭案件的和解金和贖金還沒交涉完畢，但要是紛爭繼續持續下去，只會讓領地內的經濟出現破綻，所以我們先放他們回領地了。

此外紛爭案件的狀態也變回和戰前一樣，由於那些地方仍視為被我們占領，因此布洛瓦藩侯家那邊的人無法讓商隊入內，最後是由南部收容那些商人。

「條件已經改變了，這部分希望各位能夠諒解。」

那些戰前還是布洛瓦藩侯家附庸的貴族，現在已經成為布雷希洛德藩侯的附庸。

換句話說，東部地區的邊界線已經大幅北移，範圍也跟著縮小了。

然後布洛瓦藩侯家還要面臨更加殘酷的現實。

「話雖如此，這不表示我們那些被侵略的附庸，要放棄和解金的權利。這部分將由我來統一請求。」

「統一請求？」

「因為有這些文件在，所以也只能這樣吧。」

布雷希洛德藩侯的手上，拿著超過四十張由曾隸屬布洛瓦藩侯家的貴族們簽署的契約書，根據上面記載的內容，所有因紛爭產生的損害，都將由布洛瓦藩侯家負擔。

「為了讓那些特權恢復戰前的狀態，他們必須付和解金給紛爭對象。不過根據這些契約書，那筆錢將由布洛瓦藩侯家負擔。考慮到交涉的效率，還是由我來統一請求比較好吧。」

在這之前，布雷希洛德藩侯已經提前付和解金給那些貴族，所以如果不向布洛瓦藩侯家求償，就會造成虧損。

「我們的附庸……」

布洛瓦藩侯家最悲慘的部分，就是即使支付這筆和解金，那超過四十家的貴族家也不會再當他們的附庸。

他們不僅將損失一大筆錢，支配的領域也跟著縮減。

布洛瓦藩侯家毫無疑問地輸了戰爭。

「再來還有主要由鮑麥斯特伯爵逮捕的俘虜的贖金。」

俘虜們已經被釋放，我也預先付了管理費用給幫忙照顧他們的我方貴族。

這部分的費用，我當然也會請求布洛瓦藩侯家支付。

「除此之外，我們這裡有一萬五百六十七名布洛瓦藩侯軍的俘虜。東部領域絕大部分的村落與城鎮也都被我們占領了。如果想要回這些，那也必須支付和解金。」

在一開始進行裁定交涉時，克奈普斯坦子爵算出的和解金額是四億分。

不過以現在的狀態來看，不可能還是相同的金額。

和解金的金額應該會大幅增加。

「要多少錢？」

菲利浦總算開口向布雷希洛德藩侯問道。

「根據我們的計算，要十億分。」

「怎麼可能！」

過於龐大的金額，讓兩位候補繼承人驚訝得說不出話來。

不過在那場魯莽的夜襲之前，和解金就已經高達五億分了。

所以金額會攀到這麼高也是無可奈何。

「再怎麼說，這金額都太高了！」

「不過這麼嚴重的失態，不抬高金額也說不過去吧。」

「特使大人，您打算偏袒布雷希洛德藩侯大人嗎！」

菲利浦激動地反駁克奈普斯坦子爵，但後者依然表情不變地冷靜回答：

「偏袒嗎？我不懂您的意思。你們不僅無意義地延長王國默認的『紛爭』，在發現最初的裁定對自己不利後，還裝備實戰用的武器企圖夜襲。坦白講，這已經讓王國變得無法信任布洛瓦藩侯家。要引發繼承糾紛是你們的事情，但請不要給其他貴族添麻煩。要是容許你們在不支付和解金的情況下恢復戰前的狀態，那才真的是單方面地偏袒布洛瓦藩侯家，請恕我無法接受。」

儘管語氣非常平靜，但克奈普斯坦子爵毫不留情的指摘，讓兩名候補繼承人都閉上了嘴巴。

要是我們沒擋下敵人的夜襲，說不定他已經戰死了，所以他應該非常生氣吧。

「雖然金額可能有些轉圜的餘地，但其他案件就算交涉也沒用。附庸們的脫離也一樣。雖然布洛瓦藩侯家有義務按照那些契約書賠償損失，但他們之後不會再回去當布洛瓦藩侯家的附庸。」

兩名繼承人明知那些貴族無法拒絕，還要他們強硬占領別人的領地，結果自己卻只顧著搶下任當家的位子，完全沒去前線露臉。

這只能說是自作自受。

「今天的目的只有讓雙方見面和提出條件，所以就先到這裡結束吧？」

針對減少和解金金額的事情，之後應該還必須再和布洛瓦藩侯家交涉吧。

布雷希洛德藩侯宣布今天的交涉結束後，雙方便直接解散。

第一天的裁定交涉只進行約一小時就結束了，雖然我們也準備返回自己的陣地，但布雷希洛德藩侯在回程中給了我一個類似忠告的建議。

「鮑麥斯特伯爵，你還是小心一點比較好。」
「因為我還年輕，所以他們可能會認為我有機可乘？」
「沒錯。」
在交涉中，布洛瓦藩侯家那邊必須付給我的錢，絕大部分是被我抓到的貴族與士兵們的贖金。因此微薄的和解金與其他經費也都和贖金合在一起。和解金額非常龐大的，就只有布雷希洛德藩侯而已。
那場魯莽的夜襲，讓布洛瓦藩侯主軍的精銳和許多幹部遭到俘虜。加上那些人後，金額就變得非常龐大，那兩名候補繼承人可能會單獨盯上我，企圖減少贖金的金額。
「要減少付給我的和解金非常困難。但他們或許會認為有辦法哄騙你。」
「因為我是剛成年不久的年輕人。不過他們該不會忘了擾亂後方的那件事吧？」
「所以啊。他們可能打算私下向你謝罪，並趁機提出某個條件。」
「卡露拉小姐嗎……」
讓年齡與我相近的布洛瓦藩侯家的女兒成為我的妻子。
在布洛瓦藩侯家內，他們只要說這是「針對之前那起事件的謝罪」就行了，而且讓卡露拉小姐成為我的妻子，對他們也有好處。

「這樣他們就能分到開發未開發地的特權。畢竟不援助妻子的老家會很怪吧？」
「可是我不打算娶她為妻。」
雖然她不是個壞女孩，但她的親戚實在太糟糕了。
即使不考慮這點，由於我的領地才剛成立不久，坦白講我實在不想讓那種人介入。
「她應該也很困惑吧。」
儘管她已經和艾莉絲她們打成一片，但這是另一回事。
何況艾爾喜歡卡露拉小姐，我不想為了娶她而破壞友情。
「請你千萬別中他們的計。」
「這是當然。」

與布雷希洛德藩侯道別後，我返回我軍的陣地。
合計約一百五十名的布洛瓦藩侯家使節團，在布雷希洛德藩侯軍的大本營旁邊紮營。因為接下來每天都要進行交涉，所以住近一點會比較方便，他們應該是認為反正狀況都已經惡化到這個地步，我們應該不可能主動襲擊或暗殺他們吧。
雖然我覺得他們很有膽識，但真希望他們能早點發揮這種判斷力。
就在我這麼想時，我發現莫里茲的身影，他向我報告布洛瓦藩侯家打算邀我去和他們共進晚餐。
沒過多久，就有正式的使者來訪，將邀請函交給我。

「我知道了。我會過去。」

「非常感謝。」

剛邁入老年的男性使者露出鬆了口氣的表情，返回布洛瓦藩侯家的陣地。

「不會有危險嗎？」

「怎麼可能。」

要是這時候殺了我，布洛瓦藩侯家一定會被沒收貴族籍。

他們應該不可能真的這麼蠢。

「我會帶護衛同行。」

「艾爾文，你知道該怎麼做吧？」

「知道。」

莫里茲慎重地提醒艾爾好好護衛我。

託卡露拉小姐的福，現在的艾爾已經成了認真工作的優秀家臣，所以反而更令人安心。

「話說這個邀請函……」

莫里茲看著我交給他的邀請函，發現某件重要的事情。

「寄件人那裡只有菲利浦大人的名字。」

「呃──這表示……」

「明天會換克里斯多夫大人寄邀請函過來？」

「應該吧……連續兩天也太累人了……」

至少也一起邀請我嘛，我在心裡詛咒那兩個候補繼承人。

當天傍晚，我出門參加布洛瓦藩侯家主辦的晚餐會。

在通知布雷希洛德藩侯這件事後，我踏入敵陣。

除了我和艾爾以外，莫里茲指名的四名護衛也會和我們同行。另外因為我覺得有女性在會比較好，所以也找了同樣兼任護衛的露易絲一起參加。

就算真的發生什麼事，她應該也能輕鬆打倒一些敵人吧。

「而且艾莉絲可能會有危險。」

雖然他們應該不至於對我下毒，但有可能會謀害艾莉絲。

目的並非毒殺，而是偷偷下讓我未來的正妻艾莉絲變得無法生育的毒。

儘管很難入手，但似乎真的有這種毒藥存在。

為了以防萬一，我也讓露易絲和我同行。

「某種程度上，我能夠感應得到毒藥的存在。」

「那是什麼能力？」

簡直就像某世紀末救世主（註：暗指漫畫《北斗之拳》的主角拳四郎）一樣。

「只要修練武藝到某種程度，感覺就會變得敏銳。」

雖然不是百發百中，但如果餐點裡有下毒，露易絲有很高的機率能看得出來。

「就像『報告』魔法那樣嗎？」

「只要小心一點，應該就不會吃到毒藥。對吧，卡露拉小姐。」

「只能祈禱菲利浦哥哥不會做到那種程度。」

我們無視表情有點僵硬的卡露拉小姐，參加菲利浦主辦的晚餐會。

為了那兩個互相對立的人，在布洛瓦藩侯家紮營的小規模陣地內，分別設了兩個大型帳篷。次男克里斯多夫應該就在我們沒進去的那個大型帳篷內。

「歡迎各位的光臨。」

「請盡情享用餐點。」

「因為是在營地，所以端不出什麼像樣的東西……」

畢竟是這樣的狀況，菲利浦殷勤地招待年紀比他小將近二十歲的我。

「我平常也有在當冒險者，所以請不必在意。」

「我非常清楚您的實力。」

布洛瓦藩侯家的長男菲利浦身高約一百八十五公分，擁有經過鍛鍊的緊實身軀。

他似乎擁有軍事方面的才能，但由於我們才剛見識過布洛瓦藩侯軍的醜態，所以無法囫圇吞棗地接受這些資訊。

他看起來是個爽快的人。

如果沒有這次的失態，或許我能正常地和他來往。

因為和艾德格軍務卿與包含導師在內的阿姆斯壯一族相比，他的個性沒那麼「強烈」。

「菲利浦嗎？他是個優秀的將軍候補人選。」

雖然我在晚餐前透過魔導行動通訊機，向艾德格軍務卿打探了一些關於菲利浦的情報，但艾德格軍務卿對他的評價並不差。

「不過當領主就……」

如果只是當軍方的名譽貴族，他或許能夠順利勝任，但要統治領地就有點困難。

儘管他本人也很清楚這點，但又不能在希望他成為下任當家的外戚與家臣面前表現出來，所以表面上只能裝出和異母弟弟競爭的樣子。

艾德格軍務卿推測這或許才是真相。

「那之前那起大事件呢？」

「那應該只是高德溫自己太焦急，所以才幹了蠢事。」

即使是部下自己的失控，負責人還是菲利浦。他無法逃避這個責任。

「他想以外戚的身分，在布洛瓦藩侯家作威作福嗎？」

「大貴族家的重臣經常作這種夢。然而他卻犯下了可能讓自己喪失目前地位的大失誤，所以才拚命想蒙混過去吧。」

但如果造成兩百名以上的死者，那也沒有意義。

就算是外戚，在犯下這種大失誤後，他的職業生涯也到此為止了，更糟的是，他現在還成了俘虜。回到布洛瓦藩侯家後，他應該會被懲罰吧，但這就不是我能管的事情了。

「王都有些笨蛋勸我積極幫忙協調這件事。要是我在這時候協助菲利浦，只會成為眾矢之的吧。」

如果菲利浦因為當不成領主而離開領地，那還有辦法幫他，但要是在這種情況下輕率介入，只會平白害自己惹禍上身。

「雖然和解金額應該會很高，但也只能付了。在最壞的情況下，或許會下達資產整理命令。但反正家門並不會因此瓦解，也只能乖乖地接受了。」

「資產整理命令」，簡單來講就是先破產一次。

在不能垮臺的貴族家負債非常嚴重時，王國會指派中立的破產管理人，在這個情況下就是王國派遣的財務系名譽貴族，對該貴族家的預算施加極大的限制，直到償還完一定程度的欠債為止。

這個制度存在的理由，是為了避免大貴族突然消失，導致該地區陷入混亂。

儘管感覺有點天真，但被下達「資產整理命令」後，那名貴族就成了王國養的狗。

而且適用這種命令，就等於被宣告「你是個無能的領主」。

「下任領主的寶座，就只能讓給克里斯多夫了。誰叫他要自尋死路。即使失控的人是他的岳父，但在無法壓抑家臣時，他就算是同罪了。雖然目前最好的方法，應該就是讓我來收容和照顧他……」

儘管這麼做對菲利浦來說是件好事，但在最壞的情況下，支持他的家臣們或許會因此失業，艾德格軍務卿也認為要是真的提出這個意見，或許明天就換菲利浦的兒子被拱成繼承人了。

「大家都很頭痛吧。」

即使要解散布洛瓦藩侯家，將那裡變成王國的直轄地，或是將那裡轉封給其他貴族，都難免一場混亂。

別說是藉此得利了，甚至還會造成虧損，所以中央的大貴族其實也很討厭沒收領地。

如果只是小貴族，那他們應該會毫不猶豫地沒收領地吧。

這就跟不能讓大企業輕易倒閉是一樣的道理。

「艾德格軍務卿想成為有領地的貴族嗎？」

「才不想。因為無法統治。」

侯爵與藩侯。

除了稱呼不同以外，這兩者雖然位階相同，但侯爵只有名譽貴族，所以無論財力或家臣的數量都比較少。即使因為轉封獲得領地，也不可能有辦法統治。

要是遭到當地的前家臣與士兵們的反抗，只會讓混亂變得更加嚴重。

就算像故事裡的主角一樣，突然被賜予廣大的領地也沒用。

鮑麥斯特伯爵家也因為要開發廣大的未開發地，所以經常為人手不足所苦。

「如果嫌和解金與贖金太高，那就把礦山或稅收拿去抵押吧。」

「真是強硬的意見。」

「因為本來就都是對方的錯。對我們而言，只要布洛瓦藩侯家仍保有一定的規模，能繼續統率東部地區就行了。就算他們的領域因此變小或負債，我們也不會有意見。」

雖然我們有過這樣的對話，但其實艾德格軍務卿不希望我將這些事告訴菲利浦本人。如果只是他一個人的問題，那只要早點放棄繼承權就結束了，但因為牽涉到家臣，如果別人隨便從外部誘導，可能會鬧出人命。

「來，請坐這裡。」

在菲利浦的接待下，我坐進事先準備好的上座，露易絲則是以妻子的身分坐在我旁邊。艾爾站在我的斜後方警戒刺客，其他護衛們也各自就定位。

因為我們是連裁定案都還沒談妥的敵對關係，所以這點程度的警戒可以說是理所當然。

「先來乾杯吧。」

由於是軍隊出身，因此菲利浦的個性或許比較偏向運動社團的人。

乾完杯後，我們馬上從開胃菜開始享用。

以野營地來說，料理的品質算是非常高。

不愧是統率東方地區的「地方霸主」。

「您的傳聞也有傳到東部喔。大家都在傳有位優秀的魔法師打倒了兩頭龍。」

這次的晚餐會是以交誼為目的，不能討論這次的戰爭，因此我們先從我打倒龍的事情開始聊起。

然後是只要身為貴族，都至少得參加一次的武藝大會的事情。

「我在預賽的第五戰就輸掉了。但以貴族之子來說，這應該還算不錯的成績吧。」

我們邊喝酒邊享用接連端出來的套餐料理，並隨便找話題閒聊。

不過因為不能討論這次的戰爭，所以我開始納悶起自己到底是為了什麼來這裡。

露易絲雖然吃了多到和她的嬌小身軀極不相稱的料理，但並沒有放鬆警戒，艾爾他們也持續警戒周圍的狀況。

儘管毒殺和暗殺的可能性幾乎為零，但這是他們的工作。所以也無可奈何。

晚餐以甜點做結，就在吃完飯的我們開始喝茶閒聊時，菲利浦不意外地搬出了那個話題。

「鮑麥斯特伯爵大人，您想不想娶我們家的卡露拉為妻呢？」

他果然想讓我娶卡露拉小姐為妻。

「考慮到目前的狀況，布雷希洛德藩侯那邊應該會強烈反對吧，所以這不可能……」

要是真的做出這種事，為了分配開發未開發地的特權，或許又會掀起一場戰爭，視情況而定，也可能遭到布雷希洛德藩侯的妨礙。

「您能不能考慮一下？」

雖然如果把我逼得太緊，或許會釀成問題，但卡露拉小姐正好就在我們那裡。

菲利浦或許認為我已經看上了卡露拉小姐。

他該不會是為了這個目的，才想拖延交涉吧？

吃完晚餐後，我們返回自己的陣地。

然後隔天果然換收到克里斯多夫主辦的晚餐會的邀約。

「他們的感情真的很差呢，通常這種活動只要辦一次就行了……」

跟昨天一樣繼續擔任我的護衛的艾爾，和其他護衛一起嘆了口氣。

「今天誰要去？」

「我就不去了。」

雖然必須再帶一位未婚妻過去，但昨天已經出席過的露易絲率先拒絕。

「那伊娜呢？」

「我是無所謂。但我不太懂料理的味道……」

露易絲某種程度上也算是個天才，即使被叫去參加大貴族家的晚餐會，她也能在維持警戒的情況下，厚臉皮地要求再來一份甜點。

然而伊娜個性認真，所以出席這種場合應該會很緊張吧。

「感覺有點討厭呢。」

「坦白講我不太想去……」

「我也覺得很麻煩啊……但不出席又會很失禮，所以我也很無奈。」
想吃美食我隨時都吃得到，而且反正對方一定又只是想叫我娶卡露拉小姐為妻，所以我也覺得有點厭煩。
「薇爾瑪呢？」
「我覺得我們這裡的飯比較好吃，所以我就不去了。」
「這樣啊……」
布洛瓦藩侯家也是大貴族，所以吃的都還不錯，但他們和我們沒有交流，因此與醬油、味噌、美乃滋和巧克力等新食材和新調理法無緣。
所以他們的餐點內容和王都的貴族主辦的派對料理沒什麼差別，並沒有到讓人特別想吃的程度。
「艾莉絲……應該不行吧……」
畢竟他們還是有可能會下讓人無法生育的毒。
「如果帶艾莉絲過去，他們或許會試圖說服艾莉絲。」
露易絲說的沒錯。為了讓卡露拉小姐跟我結婚，他們很可能會試圖說服艾莉絲，或偷偷動什麼手腳。因為未來將由她來管理鮑麥斯特家的後方。
「如果帶我去，事情可能會變得更麻煩……」
「那麼，該怎麼辦才好呢……」
當然還有一個候補人選，而且她正以非常想去的表情看著我。

雖然我不曉得出席那種晚餐會有什麼意思，但應該是有什麼讓她覺得有趣的地方吧。

「只剩下……」

「真沒辦法，不如就由我……」

「露易絲，不好意思要麻煩妳連續出席兩天。」

「為什麼要看著我選露易絲小姐啊？」

理由很簡單，因為卡特琳娜看起來實在太想去了，讓我忍不住想戲弄她。

「開玩笑的啦。不過為什麼妳這麼想去？」

「我一直以來，都跟那種派對和晚餐會無緣……」

卡特琳娜似乎因為不熟悉這類活動，所以抱持很大的憧憬。但有些事情不知道反而比較好。

「那就拜託卡特琳娜囉。」

「交給我吧。我會用我的優雅，讓晚餐會成功。」

雖然她好像有很深的誤會，但反正只是吃飯而已，所以我決定不要太在意。

然後，到了當天傍晚。

因為時間差不多了，我準備動身前往布洛瓦藩侯家的陣地。

「威德林先生，讓你久等了。」

「喂……」

雖然我隱約有不好的預感，但卡特琳娜果然花了非常多工夫打扮。

她身穿毫不吝嗇地使用大量絲綢的鮮紅花邊洋裝，髮箍和戒指上的裝飾也從平常的魔晶石換成大量的真正寶石，就連鞋子都換成了高跟鞋。

「完美的正式禮服……」

現在還是戰時，而且又是在野外，所以根本就不需要穿正式禮服，然而她卻打扮得像是要去參加王家主辦的派對。

「我有阻止過她喔，我告訴她露易絲昨天也沒穿正式禮服……」

幫忙卡特琳娜打扮的伊娜獨自嘆道。

露易絲、卡特琳娜和薇爾瑪三人的個性都比較我行我素，因此偶爾會連累到個性認真的她。

「算了，反正這樣穿也沒錯……」

「那我們走吧。」

她看起來沒有不情願，而是非常期待，這應該是唯一的救贖吧？

然後穿著高跟鞋果然很難在草原上走路，因此她是用「飛翔」稍微飄浮在空中，假裝自己是在優雅地步行。

雖然我覺得這根本是在浪費魔力，但這卡特琳娜來說似乎是件重要的事情。

「歡迎各位光臨。」

「感謝您的邀約。」

今天的晚餐會是由克里斯多夫舉辦，因此出來迎接的管家也是不同人，看來兩人就連住的陣地都要分成兩邊。

儘管很沒效率，但既然兩人感情不好，那也無可奈何。

「這位是我的未婚妻。」

「我是卡特琳娜．琳達．馮．威格爾榮譽準男爵。感謝您今天的邀約。」

因為是在野外，所以大家都身穿非正式服裝，唯獨卡特琳娜穿著看起來輕飄飄的昂貴禮服。

光是這樣就已經夠顯眼了，但本人似乎毫不在意。

「她是……」

出來迎接的家臣們低聲騷動。

他們發現卡特琳娜就是俘虜了布洛瓦藩侯家的專屬魔法師們的高手。

有些人甚至露出沮喪的表情，他們心裡大概是在想「好不容易請到的魔法師，居然被這種花俏的女人給……」吧。

「幸會。我是克里斯多夫．馮．布洛瓦。」

和我們是初次見面的次男克里斯多夫，是個身材有點纖細的文官型人物。

除此之外就沒什麼明顯的特徵……

怎麼看都只是個將近中年的普通人。

「感謝您今天的招待。」

我只希望裁定案能快點達成合意，而且反正他一定也是想叫我娶卡露拉小姐為妻，所以坦白講我滿懶得理他。

不過又不能直接說出來。

「來，請坐吧。」

克里斯多夫客氣地替我們帶位。

我們入座後，馬上就開始上菜，不過菜單幾乎和昨天一模一樣。

「我想應該會端出一樣的東西，因為基本上大貴族家用來招待貴賓的菜單都早就定好了。」

雖然平常還會配合季節準備幾種版本，但可惜這裡是野外的陣地。

能夠準備完整套餐的布洛瓦藩侯家，的確讓我產生「真不愧是大貴族」的感想，但連續兩天吃相同的東西還是讓我有點受不了。

至少也先問你哥哥出過什麼菜吧！

……不過要是做得到這種事，他們兄弟應該也不會吵成這樣了。

「不愧是布洛瓦藩侯家的晚餐呢。」

「夫人，能得到您的稱讚是我的榮幸。」

「我還只是未婚妻……」

儘管對我來說是連續兩天，但卡特琳娜是第一次嚐到這些料理。而且她也是第一次出席這種場合。

她像個第一次去觀光景點的鄉下人般，享受著料理和對話。

雖然被叫夫人後顯得難為情的卡特琳娜很可愛，但打扮得太過突出的她，其實讓克里斯多夫有點不敢恭維。

不過就今天這個場合而言，那樣對我比較有利。

卡特琳娜，妳就盡情享受吧，不要讓克里斯多夫說出那件事。

上天難得聽見了我的願望，最後克里斯多夫並沒有提到卡露拉小姐的事情。

由於他將話題帶到身為知名魔法師的卡特琳娜身上，因此她不給別人講話的機會，開始滔滔不絕地說個不停。

「我第一次狩獵的時候，曾被一直巨大的熊型魔物襲擊。我連忙使用『龍捲』，將牠捲到上空擊敗牠。接著周圍的其他魔物也一併被我吹飛了。然後大家就開始說真不愧是『暴風』……啊，我有提過為什麼大家會叫我『暴風』嗎……」

「哈哈哈……這樣啊。」

結果她就這樣滔滔不絕地說到晚餐會結束，無法丟出關鍵話題的克里斯多夫，露出僵硬的表情。

他大概認為我是因為預見到這個狀況，才會帶卡特琳娜過來吧。

但他實在是太高估我了。

「好開心呢。」

「是啊，今天真要感謝卡特琳娜。」

「咦？」

不曉得為何被感謝的卡特琳娜露出困惑的表情，她果然有點可愛。

雖然無法理解有什麼意義，但連續兩天舉辦的晚餐會就這樣平安落幕了。

第八話 我要先退出了！

「我只能說……我真的是束手無策了。」

交涉開始後過了一個星期。狀況完全沒有進展，讓布雷希洛德藩侯嘆了口氣。我們要求對方接受王國派來的使者克奈普斯坦子爵試算出來的裁定案，但布洛瓦藩侯家一直以「金額太高了！」為由不斷拒絕。

然後今天的交涉也在毫無成果的情況下結束。

菲利浦和克里斯多夫淨提出不切實際的條件，不然就是叫我娶卡露拉小姐。然後布雷希洛德藩侯在聽了以後，就會忠告他們別插嘴貴族家之間的婚姻。

唉，不管怎麼想，交涉都不可能會有進展。

布洛瓦藩侯家明明給人添了不少麻煩，現在居然還厚著臉皮想要瓜分開發特權。也難怪布雷希洛德藩侯會生氣。

「畢竟只要卡露拉大人和鮑麥斯特伯爵結婚，布洛瓦藩侯家就能一口氣扭轉局勢。不過他們之前明知道卡露拉大人在我們這裡，卻還是發動夜襲。真搞不懂他們在想什麼。」

布雷希洛德藩侯也對布洛瓦藩侯家的行動感到納悶。

「卡露拉大人有什麼意見嗎？」

「高德溫應該原本就想要除掉我。因為是父親的決定，所以他才沒抱怨，但其實他原本就反對父親認領我。」

差點在前陣子的夜襲中被一起除掉的卡露拉小姐，現在對布洛瓦藩侯家毫無興趣，幾乎已經變成我們這邊的人了。儘管她原本就會提供我們情報，現在也是有問必答。

而且她的情報都既正確又有用。

我逐漸發現她是個聰明的人。

「即使鮑麥斯特伯爵大人娶我為妻，我也不會乖乖任高德溫擺布。與其這麼做，高德溫應該更想將菲利浦哥哥的女兒和自己的女兒，送給鮑麥斯特伯爵大人做侍女和妾吧。」

菲利浦的女兒年紀還小，所以在她長大之前，就先讓高德溫的女兒以妾的身分服侍我。要是我們之間有了小孩，高德溫就能在布洛瓦藩侯家掌握極大的權力。

「不然也能創設分家，當鮑麥斯特伯爵家的家臣。那個男人的野心也很大。」

都已經以布洛瓦藩侯家重臣的身分掌握大權了，還想對鮑麥斯特伯爵家出手啊。

不愧上位的陪臣，思考方式跟貴族還真像。

「不過他那個漏洞百出的計畫已經失敗，現在還成了俘虜。」

高德溫在夜襲失敗時被捕，現在已經變成我們的俘虜。由於他犯下了大罪，因此正被嚴密監視。

「那個家做事情真是毫無章法。簡直就像是一條有好幾顆頭的蛇。」

菲利浦和克里斯多夫互相競爭，而菲利浦的支持者高德溫也有自己的計畫。這樣事情當然談不攏。

「鮑麥斯特伯爵還年輕，缺乏身為貴族的經驗。交涉這種事，本就該瞄準對方的弱點吧？」

我和卡特琳娜只要能拿到一定程度的贖金，就能獲得不少利潤，所以最容易被當成殺價的目標。

由於完全沒牽涉到紛爭案件的特權，因此交涉起來剛好也會比較簡單。

「我們的贖金交涉額是多少？」

「四億五千萬分。」

這是鮑麥斯特伯爵家和卡特琳娜的威格爾家加起來的數字。

「只要有這數字的十分之一就能獲利了。」

即使加上新錄取的那些人，我們的軍隊還是不到五百人。

就算把俘虜的管理費也算進來，投資報酬率還是高得可怕。

這同時也證明了目前的戰爭規則，很適合讓上位魔法師賺錢。

「不過如果只要十分之一，會被人瞧不起吧。」

「說得也是……」

如果不盡可能多拿一點贖金，身為貴族的評價就會變差。

然而在目前的狀態下，要讓對方多付一點贖金也不容易。

那樣太花時間，連帶也會延誤未開發地的開發進度，造成虧損。

「不然用實物支付如何？」

「這也很困難。」

領地和礦山的採掘權，對現在的布洛瓦藩侯家來說都是寶物。

兩者都不是能輕易交給別人的東西。

「必須是有價值又能讓對方接受以實物支付的東西啊。」

「而且還必須讓布洛瓦藩侯家覺得沒什麼太大的價值……有了！」

卡特琳娜思索了一下後，似乎想到了什麼。

「既然如此，只要向他們要『赫爾塔尼亞溪谷』就行了吧？」

「赫爾塔尼亞溪谷……對啊！差點忘了還有這招！」

雖然知道的人不多，但卡特琳娜身為冒險者的經驗畢竟比我們豐富。

「據說那裡有許多優質的礦山和礦床。」

「喔～還有那種地方啊。雖然我不曉得為什麼卡特琳娜認為布洛瓦藩侯家會輕易交出那裡……」

按照露易絲的說法，他們應該不可能只為了減少和解金就將那種大礦山地帶拱手讓人。

「因為那裡是魔物的領域。」

根據古文書的記載，赫爾塔尼亞溪谷在古代魔法文明時代是著名的礦山地帶。

鐵、銅、金、銀、祕銀、奧利哈鋼與各種寶石。

那裡有許多以埋藏量大聞名的礦山與礦床，以及未發掘的礦床。若能開發那裡，應該能獲得龐大的利益。

「不過那裡至今都還沒被攻克吧？」

「是的，雖然許多知名魔法師已經挑戰了好幾次……」

但正因為他們失敗了，所以赫爾塔尼亞溪谷至今仍是魔物的巢穴。

面對伊娜的問題，卡特琳娜如此回答。

「那裡的魔物很特別。」

通常棲息在魔物領域的魔物不管再怎麼特別，外表姑且還是接近生物。

儘管有少數不死系魔物是例外，但那種魔物通常是來自死去的冒險者，所以數量不多，用「聖」魔法也能相對輕易地排除。

「但赫爾塔尼亞溪谷的魔物……」

不知為何，那裡的魔物似乎都是由岩石構成。

狼、豬、熊、大鷹和翼龍，雖然那裡的魔物外表都和其他領域的生物一樣，但它們的身體都是由岩石構成，只要偶爾吃點岩石就不會感到飢餓，並生下同樣由岩石組成的後代。

在這種情況下，應該也可以說是分裂吧？

那是一群連中央的學者都放棄研究的奇特魔物。

就我聽到的資訊來看，感覺就像是自律行動功能非常優秀的魔像。

「即使提出驅除委託，也幾乎沒有冒險者願意接受。」

儘管是由岩石組成，但它們和普通的魔物一樣，只要頭被砍掉，或是心臟被貫穿就會死。
雖然它們原本就不會流血，也不曉得算不算活著，但被打倒後似乎會陷入停止活動的狀態。
從被打倒的魔物身上，能夠採到魔石與礦石。
「大部分是鐵或銅的礦石，如果只是小嘍囉，那尺寸頂多和拳頭差不多。然而它們全身都是由岩石構成，會讓武器損傷得非常嚴重，所以誰都不想進去裡面。」
正常來講，去其他領域會比較有效率吧。
「那真的不是魔像嗎？」
「似乎也有許多學者這麼認為。」
卡特琳娜回答露易絲的疑問。
不管是哪一邊都沒差，總之在那些岩石型魔物的阻撓下，赫爾塔尼亞溪谷的開發一直都沒什麼進展。
「卡特琳娜對那裡還真清楚呢。」
「因為我以前曾經計畫攻克那裡，成為貴族。」
「妳真有挑戰精神。」
的確，要是能攻克那裡，即使是女性也能順利當上貴族。
只是她在計畫階段就失敗了。
就算是有名的魔法師，如果只有一、兩個人，還是不可能成功。

「聽說前前代的布洛瓦藩侯，也曾經派兵進去過那裡。」

約一萬名的士兵才剛踏進赫爾塔尼亞溪谷，就馬上被一大群岩石型的狼、豬和熊襲擊，再加上還有超過一萬隻的巨鷲與翼龍從上空發動襲擊，導致他們連領域之主都沒看見就全滅了。

「布洛瓦藩侯家該不會是為了回收那筆負債，才開始找南部的麻煩吧？」

「有這個可能。」

「感覺好像在哪裡聽過類似的事情……」

主要是我的老家。

「儘管過去曾經有一名上級和兩名中級，以及兩名上級和兩名中級的魔法師進入那裡的記錄，但由於魔物的數量太多，他們最後還是只能撤退。根據冒險者公會的記錄，他們只帶了一些礦石回來。」

和地下遺跡一樣，只要打倒領域之主，這些魔物就會失去統率，數量也很可能不會再繼續增加。

不對，或許會完全停止活動也不一定。

如果把這裡的魔物想成外型接近生物、負責守衛礦山的岩石型魔像，那只要打倒首領，這個機關應該就會消失。

「古代魔法文明時代的遺產啊。」

「威德林先生知道那些魔物的事情嗎？」

「只有從幾本書上看過。所以現在才想起來。」

我之前應該是在那座地下遺跡內的伊修柏克伯爵的書房裡看見那些書。

當時我剛從魔力用盡的狀態恢復，意識還不太清楚，而且我本來就只是為了消磨時間才拿來隨便翻閱，所以印象非常模糊，但我確定那本書是他的作品清單。

「因為威爾對不屬於自己的東西都沒什麼興趣。」

露易絲說的沒錯，我當時對那沒什麼興趣，即使有人委託我解放那裡，除非報酬非常豐厚，否則應該也划不來。

「為了不讓其他人採掘礦山而製作的高度陷阱啊。以前的魔法道具工匠真厲害。」

伊娜坦率地對以前的魔法道具效能感到佩服。

「我們不缺戰力，看來得好好擬定解放那裡的作戰。」

「威德林大人、布蘭塔克先生大人、卡特琳娜小姐、舅舅，以及露易絲小姐。只要以這五人為主力，或許就能討伐那裡的頭目。」

看來沒有人覺得艾莉絲的推論是有勇無謀。

「的確有可能成功。」

在目前這個時間點，赫爾塔尼亞溪谷對布洛瓦藩侯家來說只是個負擔。

若能減少贖金，他們應該願意以實物支付。

只要我們之後解放那裡，就能一口氣將那裡化為特權的寶山。

「反正就算無法解放那裡，管理起來也不需要費多少工夫。」

那裡位於南部與東部的邊界附近，只要那裡仍是魔物的領域，就不會有人入侵。
就算因此少了一億分左右的贖金，還是非常有利可圖，或許還能藉此擺脫麻煩的裁定。
如果這樣想，那這條件還不算壞。
「趕快去向他們提議看看吧。」

隔天，當我在還是一樣什麼都無法決定的裁定場合提出這個意見後，布洛瓦藩侯家出乎意料地對這個提案非常有興趣。

「那個赫爾塔尼亞溪谷嗎？鮑麥斯特伯爵大人，您該不會想要解放那裡吧？」
「我覺得有一試的價值。」
「雖然那是件好事，但請珍惜性命……」
我們三人光是對一萬名軍隊施展「區域震撼」就耗盡了魔力，所以布洛瓦藩侯家應該認為我們不可能有辦法攻克聚集了數萬隻岩石型魔像的赫爾塔尼亞溪谷吧。
那兩人難得沒有對立，乾脆地答應了我的條件。
「克奈普斯坦子爵，請將這個裁定案列在正式記錄內。」
「您確定嗎？」
「沒關係。」
一旦留下正式記錄，按照王國的基準，赫爾塔尼亞溪谷將成為鮑麥斯特伯爵家的東西，要是其他家對那裡出手，將被世間視為侵略。

如果是權利維持曖昧狀態會比較有利的土地，那在留下正式記錄後，往往會變得比較不利，之所以要趁現在將那裡記錄成永久屬於我們的土地，是為了避免我們將來解放成功後，布洛瓦藩侯家又跑來找碴。

「那贖金就訂為三億五千萬分，分十年償還。」

由於不可能一次付清，因此只能採取分期償還。

「扣掉至今的花費，我們只要拿到一年份的贖金就能獲利。要是能順利解放赫爾塔尼亞溪谷，應該能大賺一筆吧。」

這樣就能讓布洛瓦藩侯大吃一驚，而且提早結束裁定交涉，我們就不必再繼續浪費時間。

「我也不想繼續待在這裡……」

「布洛瓦藩侯家的那些傢伙！到底把卡露拉小姐當成什麼了！」

喜歡卡露拉小姐的艾爾，大概認為這裡對她來說不是個好環境。所以建議趕緊完成交涉，然後打道回府。

「布雷希洛德藩侯，我有些事想拜託你。」

「是沒關係，但等解放赫爾塔尼亞溪谷後，也讓我分一杯羹吧。」

「這當然沒問題。」

實際開始採掘後，將會需要召集人手和強化警備人員，防範鄰近赫爾塔尼亞溪谷的貴族們的妨害和盜採。

為了能夠安全採掘，有必要用一些特權換取布雷希洛德藩侯的協助。

「那麼，我暫時還要繼續應付那兩個人。等鮑麥斯特伯爵解放赫爾塔尼亞溪谷後，真不曉得他們會露出什麼樣的表情？」

「既然要做，我當然希望能夠確實成功。為了這個目的，除了魔法師以外，還必須動員大量的人力。」

這種沒好處的交涉，還是早點退出比較好。

我脫離這個無聊的裁定交涉，再次以冒險者的身分挑戰困難的工作。

第九話　赫爾塔尼亞溪谷解放作戰

「雖然寬廣，但這裡真的是貧瘠的荒野呢……」

鮑麥斯特伯爵家以減少贖金換來的「赫爾塔尼亞溪谷」，一言以蔽之就是非常寬廣。這裡的形狀接近長方形，絕大部分的地方都是草木稀疏的岩山和荒野，同時也不適合農業。

在中央地帶有道長一百公里、寬一百公尺、深度約一百公尺的東西向裂谷，所以移動起來也非常困難。

這裡位於東部和南部的邊界附近，算是布洛瓦藩侯領地的飛地（註：指行政上隸屬於甲地，而所在地卻在乙地的土地），但布洛瓦藩侯家連警備人員都沒派。大概是覺得沒有必要吧。

按照古代魔法文明時代的書籍記載，這裡是埋藏了豐富礦物資源的礦床密集地區。

那本古文書裡，也記載了礦物的種類和場所，所以幾乎可以確定中央地帶的裂谷是某種礦物的礦床。

根據記載，那個裂谷本身就是因為採掘才被拓寬。

古代人不知為何放棄了赫爾塔尼亞溪谷，後來擁有這裡的當權者們雖然想有效利用這座寶山，但全都失敗了。

別說是布洛瓦藩侯家了，其他還有好幾名包含王家在內的貴族家，都曾經想要解放這裡，但所有人都失敗了。

每次失敗都造成眾多犧牲，由於懷疑「這裡真的有辦法被解放嗎？」的意見占多數，現在就連冒險者公會都抱持「因為太魯莽了，所以還是別進去比較好」的態度。

也因為這樣，冒險者預備校甚至連這裡的情報都沒公開。

要是隨便透露這裡的情報，或許會有充滿冒險心的年輕冒險者輕率地跑進去。

我在成年之前，也完全不曉得赫爾塔尼亞溪谷的存在。

卡特琳娜之所以知道這裡，是因為她曾經想知道有沒有什麼地方，能夠讓她立下足以獲得爵位的功績。

「布蘭塔克先生知道這裡嗎？」

「只知道名字。以前曾經有許多冒險者想透過解放這裡一夜致富。」

擺脫裁定交涉後，我們搭乘亨瑞克的小型魔導飛行船，在面對赫爾塔尼亞溪谷的岩山山脊降落。

「感覺不到生物的氣息呢。」

「站在這裡當然感覺不到。那裡不是立了一塊石碑嗎？」

「嗯。」

布蘭塔克先生指的地方，立了一塊沒有刻任何字的石碑。

「艾爾小子，你試著稍微越過那條線看看。」

「好的。」

艾爾按照布蘭塔克先生的指示，往石碑的對面跨了一步，然後就連我都突然探測到類似魔物的反應。

「艾爾！」

「我知道！」

從岩石的陰影處突然跳出一隻狼衝向艾爾。

仔細一看，那隻狼是由岩石構成。

「是岩魔像？」

接著又跳出兩隻狼，總共有三隻岩狼襲向艾爾。

如果是我的劍術一定無法應付，但艾爾錯開時機，以跳舞般的動作接連將狼砍倒。

岩狼似乎和普通生物一樣，只要頭部或心臟部分被砍斷，就會停止活動。

製造出三座石堆後，艾爾從那裡撿了彈珠大小的魔石和看似礦石的石頭回來。

「唉——可惜了一把好劍……看來之後得重新拿去研磨了。」

艾爾看著自己那把刀刃受損的劍嘆道。

「總之事情就是這樣。」

經歷過去的犧牲後，現在開始像這樣以石碑標示領域的邊界。因為周圍都是岩山和荒野，所以也沒人會靠近。

只要踏進邊界線內一步，就會被岩石構成的野獸們襲擊，只要打倒它們，就能獲得魔石與礦石。

「威爾，這礦石是什麼？」

「呃……是品質低劣的鐵礦石。」

「啊——！真是虧大了！」

透過「分析」檢查艾爾帶回來的礦石成分後，我發現那是含有率低的鐵礦石。

魔石的品質也非常低劣。

然而光是砍倒三隻狼，就讓艾爾平常愛用的高價寶劍必須重新研磨。

「簡單來講，就算打倒這些魔物，別說是沒收入了，甚至還會虧損。」

這裡不適合當成冒險者的狩獵場，若艾爾在領域內待久一點，襲擊他的岩石型魔物數量應該會再暴增個幾十、幾百或甚至幾千倍吧。

「如果讓軍隊進去採掘礦床，就會在不知不覺間被一群岩石型魔物包圍。然後寡不敵眾的他們，將會因此曝屍荒野。」

按照布蘭塔克先生的說法，只要再往裡面走一點，就會發現已經腐朽的軍隊殘骸。

由於回收起來很危險，因此那些屍骸就這樣被棄之不顧。

「根據古文書的記載，那裡似乎有大規模的祕銀礦床。」

祕銀是打造高品質的武器和魔法道具時不可或缺的金屬，由於經常供不應求，所以價格依然持續攀升。

雖然包含我在內的一部分上位魔法師，能夠透過為銀添加魔力來製造，但生產量非常稀少。如今就連含有率低的礦石都會被強硬採掘。

當然這樣成本也會跟著增高。

之前在我的領地發現新的祕銀礦山時，王國甚至還說「總之快點開始採掘！」，要我們提前進行作業。

「獲得大規模的祕銀礦床或是全滅啊。真是困難的選擇……」

話雖如此，我沒有考慮過失敗的可能性。比起這件事，我更希望能讓給我添了許多麻煩的布洛瓦藩侯家大吃一驚。

艾爾和卡露拉小姐的事情，也開始浮現出某個可能性。果然不應該想得太難。只要徹底將布洛瓦藩侯家逼上絕境，再讓卡露拉小姐嫁給艾爾就行了。要是他們抱怨，就堅持主張「卡露拉大人只是騎士的女兒」吧。

「艾爾文先生，你的劍術真是高超呢。」

「哎呀，和卡露拉小姐的箭術相比，這根本沒什麼大不了的。」

在我煩惱該怎麼辦時，艾爾因為被卡露拉小姐稱讚劍術而擺出一副色臉。應該沒有男人被美女稱讚會不高興的吧。

「的確是個美人呢。」

布蘭塔克先生坦率地對卡露拉小姐的美貌表示讚賞。

「不過還要再過幾年才會符合我的喜好。我喜歡成熟的女性。」
只要是被布蘭塔克先生叫「姑娘」的女性，似乎都不在他的守備範圍內。
「伯爵大人覺得如何？」
「我覺得她是個美女……」
卡露拉小姐的確是個美女，而且給人的感覺也和我學生時代的女友很像。
所以我本來以為她很危險，但實際接觸過後就發現並非如此。
「不過這樣對艾爾太不好意思了。」
想到這裡，我發現自己對卡露拉小姐完全不抱戀愛感情。何況我還有艾莉絲她們。
「那傢伙真的了解自己的立場嗎？」
「我覺得就是因為知道，所以才會那麼努力。」
「克勞斯……」
克勞斯加入我和布蘭塔克先生的對話。他似乎偶爾會給艾爾一些意見。
克勞斯當戀愛顧問？
儘管不太適合，但艾爾非常真誠地向克勞斯請益。既然他有認真在工作，那我也沒什麼好說的。
就算他認為找我商量也沒用，我也毫不在意。
「事到如今，只能不斷攻擊布洛瓦藩侯家，直到他們投降為止了。只要鮑麥斯特伯爵家順利解放赫爾塔尼亞溪谷，身為前所有者的布洛瓦藩侯家就會名譽掃地。」

以一千兩百年的歷史為傲的大貴族家，居然被成立不到一年的新興伯爵家超前，這是非常嚴重的屈辱。

「將他們逼上絕境後，再要求他們讓卡露拉大人與艾爾文大人結婚，我想這應該是最快的捷徑。」

我的想法都被克勞斯給看穿了。

「幸好威德林大人是新興貴族。剛成為貴族時，即使有些亂來也會被容許。」

雖然歷史悠久的貴族家只要一亂來，就會在貴族社會遭人白眼，但少數的新興貴族即使用有些亂來的方式往上爬，某種程度上還是會被認為是無可奈何的事情。

「反正威德林大人就算不這麼做，也會招來別人的嫉妒與羨慕。不如趁現在自由地做自己想做的事情。」

克勞斯這傢伙，是在關心我和艾爾嗎？

「先不管艾爾文的事情，關於解放赫爾塔尼亞溪谷的事情，請問您有勝算嗎？」

站在克勞斯旁邊的莫里茲，詢問我對解放的事情有多大的把握。

身為諸侯軍的指揮官，他應該不希望士兵因為無謀的戰鬥犧牲吧。

「勝算很高。只是需要一定程度的準備。再來就是需要花上幾天募集戰力吧？」

「暫時要先在這裡待命吧。」

總數不到五百人的鮑麥斯特伯爵軍，在逼近赫爾塔尼亞溪谷邊界的地方布陣等待增援。

由於人數急速增加，莫里茲和湯瑪斯忙著編隊和訓練，克勞斯則是忙著處理補給和一些瑣碎的文書工作。我們在不會被魔物襲擊的荒地布陣，準備下一場作戰。

赫爾塔尼亞溪谷連魔物不會出現的地區都是荒地，就算在這裡布陣和進行訓練，也不會有人抱怨。相對地，連旅行商人都不會來這裡……

「看來除了礦山以外，都很難開發呢。」

「這種荒野應該連山羊都沒辦法養。何況是農業。」

這片荒野只有普通的岩山，被當成是赫爾塔尼亞溪谷的附贈品一併轉讓給我們。

「考慮到這裡之後將被解放，得好好擬定防範入侵者的對策才行。」

「伯爵大人真有自信呢。」

「不然也不會寧願減少贖金，也要取得這裡了。」

我帶著布蘭塔克先生和卡特琳娜，開始用魔法在與其他貴族領地的交界處建造岩牆。

這是在昭告其他人「從這裡開始是鮑麥斯特伯爵家的領土，外人不准進來！」，我們三人默默地用取之不盡的岩石當材料展開作業，其他貴族領地的居民都疑惑地看向這裡。

「大概是想說『即使不用這麼強硬地主張所有權，我們也不想要那種地方』吧。」

雖然這裡有許多礦床，但若無法進來這裡採掘，一切都只是紙上談兵。

布洛瓦藩侯家之所以乾脆地將這裡讓給我們，是因為覺得能因此減少的贖金看起來比較有魅力，這同時也證明了他們認為這裡是不良不動產。

「話說不管做多少圍牆，感覺都不夠用呢……」

包含沒有魔物出沒的外圍部分在內，赫爾塔尼亞溪谷的面積大約是兩萬三千平方公里，要用圍牆把整座溪谷圍起來需要耗費不少時間。

現在只是為了主張領有權而大略圍起來，等解放赫爾塔尼亞溪谷後，為了防範礦石小偷，還必須再進行正式的工程和強化警戒。

「真的有辦法解放這裡嗎？」

「卡特琳娜以前不是也計畫過要解放這裡嗎？」

「是這樣沒錯，但因為無論怎麼計算勝算都很低，所以最後還是放棄了。畢竟數量差距實在太大了。」

即使一、兩個優秀魔法師施展廣域上級魔法擊倒數百隻魔物，它們依然會前仆後繼地湧出來。卡特琳娜發現要徹底驅除它們是件困難的事情。

「真要說起來，我們連那些類似魔像的岩石型魔物是怎麼產生的都不曉得。」

「我有找一個了解它們的人來幫忙。」

「真的嗎？」

「這部分的說明，就等那位強力幫手到了之後再進行吧。」

「我馬上就猜到是誰了……」

幾天後，做完圍牆的我們返回大本營，此時那位「強力幫手」已經在那裡喝艾莉絲泡的茶，同時眺望赫爾塔尼亞溪谷。

「雖然在下有聽過傳聞，但這裡就是有神奇的岩石型魔物棲息的赫爾塔尼亞溪谷啊。而且在下也要參加這次的解放行動……」

那位強力幫手，當然就是導師。

導師名副其實地是赫爾穆特王國的「人型最終決戰兵器」，所以我請他一起參加這次的解放作戰。

「導師，好久不見。」

「真的好久不見了！鮑麥斯特伯爵能在與布洛瓦藩侯家的紛爭中大鬧一場，所以還算好，但在下最近可是無聊得要死！」

「（無聊啊……）因為是紛爭，所以閒暇時間也很多。比起這件事，請問你有帶我拜託你的東西過來嗎？」

「在下已從陛下那裡獲得許可。因為原本就是鮑麥斯特伯爵找到的東西，所以沒有問題！」

「你已經看過了嗎？」

雖然卡特琳娜露出困惑的表情，但因為一次說明清楚比較有效率，所以我馬上召開會議。

參加成員有卡特琳娜、導師、布蘭塔克先生、艾爾、艾莉絲、伊娜、露易絲、薇爾瑪、莫里茲、湯瑪斯和克勞斯。

「首先，我之所以願意以減少贖金為條件換取赫爾塔尼亞溪谷，是有理由的。」

那是發生在我們攻克那個「逆向虐殺陷阱」後發生的事情。

我在伊修柏克伯爵的書房看書消磨時間，發現書上也有記載這座赫爾塔尼亞溪谷的事情。

「雖然因為當時這裡還屬於布洛瓦藩侯家，所以我沒什麼興趣。」

就算有人委託我解放那裡，除非報酬非常豐厚，否則我也不想接受，而且布洛瓦藩侯家後來也沒提出委託。他們或許認為不可能達成吧，同時也要考慮到布雷希洛德藩侯從中作梗的可能性。

「在那之後，馬上就發生了他們找我老家的麻煩，以及害我們參加無意義紛爭的事情。就在我想對他們還以顏色時，我想到了這個。」

「對布洛瓦藩侯家來說，他們只是將被視為不良不動產的赫爾塔尼亞溪谷，便宜讓給了威德林大人吧。」

「沒錯。」

「艾莉絲，妳不覺得赫爾塔尼亞溪谷裡的岩石型魔物，和之前『逆向虐殺陷阱』的魔像很相似嗎？」

「除了會繁殖以外，其他都一樣。」

「然而那個『繁殖』，也是透過和『逆向虐殺陷阱』裡那座用來修復魔像的無人修理工房類似的系統在營運。」

「換句話說，就是用來防止外人來赫爾塔尼亞溪谷盜掘所打造的防衛系統！」

我託導師帶來的東西，是一本古書。

亦即原本放在那間書房裡的伊修柏克伯爵的「個人作品目錄」。

「赫爾塔尼亞溪谷和遺跡不同，是個寬廣的地方。而且由於是自然環境，因此金屬製的魔像可能會隨著時間經過產生劣化並損壞。」

即使透過無人修理工房維護，數量太多也會很花時間。

若劣化得很嚴重就必須換零件，這可能導致防衛系統的運轉率隨著時間經過下降。

「所以才要使用岩石魔物型的魔像啊。」

用魔石提供能量，而身體的材料就用赫爾塔尼亞溪谷隨處可見的岩石。

之所以會摻雜礦石，只是地點造成的偶然。

「這樣就能確保數量，並防衛大範圍的面積！」

「導師，我有問題！」

「露易絲姑娘，妳有什麼問題？」

「魔石是從哪裡來的？如果是魔像，應該會有人工人格的結晶。但從艾爾打倒的魔物身上，並沒有發現那種東西。」

「的確，我只有回收魔石和礦石。」

艾爾在打倒那些岩石型魔物後，也順便調查了它們的殘骸，但並沒有發現人工人格結晶的碎片。

「理由很簡單。這個赫爾塔尼亞溪谷有領域之主存在，就是它在操縱所有的岩石型魔像。」

根據伊修柏克伯爵的「個人作品目錄」，有一隻由岩石和礦石構成的巨大岩龍「巨岩魔像」，鎮守在赫爾塔尼亞溪谷中央地帶的裂谷中。

「換個想法，也可以說整個赫爾塔尼亞溪谷裡，其實就只有一隻巨岩魔像。」

在巨岩魔像那個由岩石打造而成、全長超過一百公尺的龐大身軀內，埋藏了能同時操縱許多岩石型魔物的巨大人工人格結晶。

只要探測到外來入侵者，它就會配合敵人的規模進行迎擊，只要魔物的數量減少，就重新補充到自己能操縱的極限數量。

補充的樣子看起來像繁殖，應該是天才伊修柏克伯爵個人的奇妙堅持吧。

「那魔石呢？」

「提示就在巨岩魔像鎮守的地點！」

根據古書的記載，它刻意鎮守在巨大的祕銀礦脈上。

「我有聽威爾說過，祕銀是透過對銀添加大量的魔力製成。」

伊娜說的沒錯，擁有濃厚魔力的祕銀礦脈，主要是分布在曾是魔物領域的地區。

那裡的銀隨著時間經過逐漸吸收魔力，變化成祕銀。

「意思是巨岩魔像占據魔力多的地點，在那裡以人工方式精製魔石嗎？」

「正是如此！」

岩魔像本身並不強，但還是能以量取勝。

能夠飛行的大鷹和翼龍，只是飛起來的動作很像，並沒有實物那麼強。

「不過數量非常驚人。」

「沒錯，伊娜姑娘說的對，數量就是威脅！」

即使對魔法多少有點自信的冒險者一天能破壞幾千隻，那些損害也會在隔天回復。

「對一般的士兵來說，一隻就足以構成威脅。」

即使用上萬的軍隊破壞幾千隻岩魔像，人類士兵也不可能毫髮無傷。

在人數因為死傷而減少後，隔天又會被相同數量的岩魔像襲擊。

這樣當然不可能解放成功。

「之前那本古書，有記載『赫爾塔尼亞溪谷防衛魔像裝置』的性能！」

導師翻開古書，其中一頁記載了這樣的內容。

巨岩魔像鎮守在有魔力聚集的溪谷深處，無法自行移動。在那巨大的身軀底下，埋藏了最多能控制十萬隻岩魔像的巨大人工人格結晶。

此外那裡還埋藏了能夠累積魔力，製造構成岩魔像核心的低品質魔石的裝置。

那個裝置一天能產出約五千顆魔石。

一旦魔像的數量減少，人工人格的結晶就會按照數量進行填補。

巨岩魔像會將魔石排出體外，讓外面的魔像吞下去，然後讓它們以構成自己身體的岩石為材料，分裂出新的小魔像。

儘管表面上看起來像生產，但實際上是分裂，而形狀與父母相同的孩子，會利用周圍的岩石讓自己變大。而那個過程，表面上看起來就像是在吃岩石。

「是個能夠完全獨立運作的防衛系統呢。」

所以才會到現在還在運作。

「因為是擁有無限的回復力，靠數量暴力取勝的系統，所以即使是王國也無法輕易出手。」

解放赫爾塔尼亞溪谷的方法其實非常簡單。

只要粉碎巨岩魔像體內的巨大人工人格結晶就行了。

因為這個人工人格的結晶，才是啟動巨岩魔像和其他岩魔像的根基，只要破壞那個結晶，魔像們就會化為普通的石塊。

「方法是很簡單，但實行起來非常困難……」

艾爾說的沒錯，因為必須突破多達十萬隻魔像的防守，抵達巨岩魔像的所在地。

「除了實行困難以外，赫爾塔尼亞溪谷原本還是布洛瓦藩侯家的領地。」

即使是臣子的領地，王國政府也不能隨便出手。

不過王國應該已經透過伊修柏克伯爵的「個人作品目錄」，取得赫爾塔尼亞溪谷的情報。

幸好我是在王國開始行動前發現。

如果布洛瓦藩侯家一直沒發現赫爾塔尼亞溪谷的價值，等裁定交涉進行到後期，王國或許會以幫忙負擔一部分的和解金為條件，讓布洛瓦藩侯家交出這裡，然後再委託我解放。

「陛下也苦笑地說這次徹底被鮑麥斯特伯爵搶先了。」

「現在回想起來，應該是在那座地下迷宮的瀕死經驗派上了用場。同樣要解放，還是解放自己的東西比較有幹勁。」

雖然這次的隊伍成員和上次一樣，但立場不同。

形式上，這次攻打巨岩魔像的主要成員，都是我以鮑麥斯特伯爵的身分委託的幹練冒險者。

由於分配礦山的特權很麻煩，因此我事先將報酬訂為一億分，並約定以現金一次給付。

「儘管難度很高，但這報酬也算是高出行情了。」

換算成日幣就是一百億圓，所以很少能看見這麼高的報酬。

「布蘭塔克先生，你願意接受嗎？」

「畢竟領主大人有命令我接受。」

考慮到解放後的情況，身為布雷希洛德藩侯家專屬魔法師的布蘭塔克先生只能選擇接受。

像赫爾塔尼亞溪谷這麼廣大的礦山地帶，不可能只靠鮑麥斯特伯爵家經營，許多業務都必須委託外人。

「陛下和商、工務卿，也有私底下對在下施加壓力。」

站在王國的立場，既然已經被我搶先一步，那至少也要多分到一些特權。

即使所有權是屬於我，他們還是想要盡可能獲得採掘、警備、精製和運輸的特權。

對鮑麥斯特伯爵家來說，只要和王家分享特權，那就算布洛瓦藩侯家在這裡被解放後跑來找碴，也能獲得王家的庇護。

完全獨占這裡只會招來嫉妒，所以要想一個能讓大家都幸福的方法。

「無法利用魔法飛行的人，就要留在這裡進行伴動作戰啊。」

「沒錯。」

艾爾、伊娜、薇爾瑪和艾莉絲，將以鮑麥斯特伯爵家成員的身分參加伴動作戰。

負責破壞巨岩魔像的主要成員，則是從空中直線飛往目標所在地。

這段期間，在地面的伴動組的任務，就是反覆進出邊界線吸引地面的岩魔像的注意。

「威爾大人。」

「薇爾瑪，怎麼了嗎？」

「伴動組的人數太少了。」

根據資料，地面上的魔像最多有八萬隻，在空中飛的有兩萬隻。

薇爾瑪表示用不到五百名的人員進行伴動作戰實在太勉強了。

「我當然也有叫援軍過來。在那之前，先稍微進行一下戰鬥訓練吧。」

必須盡可能保留魔力，有效率地破壞前進路線上的魔像才行。

為了這個目的，我想先確認要用到何種程度的魔法，才能破壞那些魔像。

伴動組最好也要事先掌握魔像的強度。

因為這些理由，入侵組和伴動組分別在空中與地面的邊界線附近等待魔像，開始各自進行打倒它們的戰鬥訓練。

「根據古書的記載，巨岩魔像一天能製造五千顆魔石！因此只要一天打倒超過這個數量，就會來不及回復！」

「導師的要求真困難……」

「艾爾先生，一起加油吧。」

「好！我會加緊努力！」

艾爾一開始還在抱怨無法一次打倒那麼多敵人，結果一被卡露拉小姐鼓勵，馬上就鼓起了幹勁。

而導師則立刻展開最低限度的「魔法障壁」，衝進被他刻意引來的一群大鷹型與翼龍型岩魔像裡。

「外表看起來的確是不怎麼強呢！」

「他還是一樣厲害……」

在衝進去的同時，他用包覆魔力的拳頭和踢擊接連粉碎魔像，然後毫不間斷地對隔了一段距離的其他魔像群使出蛇型的龍捲魔法。

那條「風蛇」接連粉碎魔像，而魔像的碎片又像散彈般對周圍的魔像造成破壞。

「考慮到魔力消耗量，這次在下不打算用『魔導機動甲冑』，但既然敵人比龍弱，那就專心破壞所有擋路的敵人吧！」

「不要使用太強的魔法，用一次攻擊複數個體的方式減少數量。」

「了解。」

「我知道了。」

在布蘭塔克先生的指導下，我和卡特琳娜輪流對翼龍型的魔像使用小型「龍捲」破壞它們。

只要命中就能擊碎魔像，而碎片在打中周圍的魔像後又會增加損害。

「一直連續使用這個魔法就行了嗎？」

「因為沒有其他系統的魔物，所以這樣就夠了。盡量保留魔力比較重要。如果在抵達巨岩魔像的所在地前就用光魔力，可是會死喔。雖然對你不好意思，但我會在那之前下令中止作戰。」

一旦失去飛行能力，就會死在地上那些魔像的手裡，此外我們還必須保留破壞巨岩魔像的魔力。

「就讓露易絲姑娘給巨岩魔像最後一擊吧。不過考慮到失敗的可能性，其他人還是要盡可能保留魔力。」

這次的作戰，由五人負責入侵。

大家會圍著露易絲，讓她在萬全的狀態下抵達巨岩魔像的所在地，之後她將使出全力，一擊粉碎埋藏在巨岩魔像體內的巨大人工人格的結晶。

只要作戰成功，其他魔像就會停止活動。所以現在沒必要勉強殲滅它們。

「露易絲小姐狀況絕佳呢。」

在卡特琳娜的視線前方，露易絲以宛如連續踏過好幾艘船的動作，一面擊碎飛行中的魔像頭部，一面在空中移動。

和生物一樣，魔像只要失去頭部就會墜落地面。

如果只看攻擊時有沒有無謂地消耗魔力，露易絲應該是我們當中最厲害的一個。

「再來是……」

「我發現一件事！只要使用奧利哈鋼製的劍，劍身就不會受損！」

「別強人所難了！除非是一流的冒險者或有錢人，否則根本不可能有那種東西吧！」

「我就有。」

「真的假的！」

「好羨慕……」

艾爾開始真的用奧利哈鋼製的劍戰鬥後，莫里茲和湯瑪斯分別露出驚訝與羨慕的表情。

因為卡露拉小姐也在而情緒激動的艾爾，用之前攻克地下迷宮時得到的報酬買的奧利哈鋼劍，接連砍倒狼型魔像。

如果是用奧利哈鋼劍，應該就能像切豆腐般輕易斬斷岩石。

「艾爾文，卡露拉大人在幫你加油，站前面一點吧。」

「真的嗎？」

「她加油的樣子看起來就像眼中只有你一樣。」

「我去前面了！」

「艾爾文獨占了卡露拉大人的注目呢。」

「啊哈哈哈！去死吧！你們這些沒用的魔像！」
「（莫里茲真是卑鄙……）」
莫里茲和湯瑪斯用卡露拉小姐當誘餌，讓艾爾持續待在最前面，但艾爾靠自己的劍術和奧利哈鋼劍的性能，獨自在前線持續發威。
「卡露拉小姐，妳有在看嗎？」
「放心吧，現在的艾爾文非常引人注目。」
「我要加油！」
不過莫里茲並不討厭艾爾，在讓他戰鬥一段時間後，還是會定期讓他去休息。
「艾爾文，你稍微去後面休息一下。卡露拉小姐在等著你。」
「好的！」
艾爾急忙返回後方，像隻忠犬般回到正在和艾莉絲一起替傷患包紮的卡露拉小姐身邊。
「艾爾先生，你還好吧？」
「沒事！這根本不算什麼！」
從她那裡接過毛巾和水杯後，為了盡可能多跟她說些話，艾爾開始進行令人感動的努力。
話說在裁定案成立後，卡露拉小姐也沒去和菲利浦他們見面呢。是因為差點被殺掉，所以和他們斷絕關係了嗎？
「莫里茲真會使喚艾爾……」

接著我換尋找伊娜的行蹤，她使出了一招令人懷念的招式。

「槍術大車輪！」

那是羅德里希還不懂如何推銷自己時曾經用過，不曉得到底厲不厲害的槍術。

我很驚訝伊娜學會了這招，而且這招似乎比想像中管用。

「雖然我大致猜得到這招是用來同時對付複數敵人的招式……」

伊娜周圍雜亂地堆積了許多魔像的殘骸。

「薇爾瑪在哪裡呢？」

我一尋找薇爾瑪，就發現她在拉之前提過的鐵製強弓。

就連箭矢都全部是鐵製的，她放出的箭貫穿並破壞了好幾隻魔像。

「真虧她有辦法拉那種弓……」

如果換成是我，應該會完全拉不動那把鐵弓吧。

「大約三年前，我常去的武器店將那把弓掛起來當擺飾。」

因為本來就是做成擺飾，所以老闆只想拿來代替招牌，沒想過要賣。

「我說我拉得動，請他賣給我，結果對方一點都不相信。」

由於老闆說只要拉得動就免費送她，因此薇爾瑪就直接在對方面前拉弓，並得到了那把弓。

「雖然瞄準人時會感到猶豫，但對手是魔像就沒差了。」

不過那把弓也有缺點。

那就是箭比較貴所以數量稀少，馬上就會用完。

「戰爭真是花錢呢。」

薇爾瑪感嘆這個世界的荒謬，將武器換成戰斧，她揮動戰斧時，粉碎了比弓箭還多的魔像。

「威德林先生，差不多了。」

「嗯。」

無論體力還是時間，都差不多快到極限了。

聽見卡特琳娜的提醒後，我叫地上的伴動組稍微從前線撤退，接著除了露易絲以外的四個人使用大量魔力，完成了一個巨大的龍捲魔法。

「是合體魔法嗎？」

「迴轉龍捲風！」

「大家也太隨便了，應該要華麗一點。」

「四重龍捲風？」

「就是這個！威德林先生，不要用疑問句啦！」

四人聯合使出的龍捲魔法，將視線範圍內的魔像全部粉碎，互相衝撞，在化為普通的石塊後墜落地面。

之後地面只剩下大量的石塊、礦石和魔石。

「快撿起來——！」

位於上空的我一下令，之前從前線撤退的我軍士兵，開始一齊搜索魔像的殘骸。

「魔石優先！礦石只要順便就行了！」

總之時間緊迫，因為馬上就會有比剛才還要多的援軍來襲。

「威爾！我發現了數量比剛才多一倍的魔像軍團！正朝這裡前進！」

「全軍撤退到邊界線外！」

因為視力優秀的露易絲發現有新的魔像集團來襲，所以我急忙對全軍下達撤退命令。

就這樣，我們為了累積實戰經驗而進行戰鬥的第一天，在沒有出現死者的情況下落幕。

「有多少魔石？」

「兩千零五十六個。」

「大概就這樣吧……」

我們的目的並非討伐，在確認完今天的成果後，我確定要靠軍隊正面攻克是件非常困難的事情。

雖然我軍人數不多也是其中一個理由，但即使一天能討伐兩千隻，也還不到敵人回復能力的一半，所以根本沒有意義。

而且實際上，這兩千隻有一半以上是被魔法擊倒。

「要怎麼處理這些魔石？」

「拿來補充之前使用『廣域區域震撼』時消耗的魔晶石。」

「原來如此。」

艾爾對我的回答表示贊同。

我擁有的魔晶石已經全部用光，到現在都還沒補充完魔力，反正都是些品質不高的魔石，所以也沒什麼其他用途。

「魔石的製造裝置啊……伊修柏克伯爵真是個天才。」

「都怪那個天才，害我們必須一直全力戰鬥。」

直到現在，都還完全沒人能解析魔石產生的過程，即使品質不高，伊修柏克伯爵還是完成了魔石的製造裝置。如果情況允許，真想維持完好的狀態回收。

「前提是情況允許。」

「是啊。」

就像露易絲說的那樣，太過貪心只會招來慘不忍睹的失敗。

首先應該要以破壞巨岩魔像為優先。

「話說回來，我們要進行多久的戰鬥訓練？」

「直到朋友抵達為止。」

「啊？」

沒錯，對方是大軍，所以需要能夠與之對抗的數量。

「我們會飛，所以只要對付空中的魔像就行了。不過要是地面上的魔物聚集在巨岩魔像周圍，還是會妨礙我們破壞它。所以需要伴動成員。」

「只靠鮑麥斯特伯爵家諸侯軍嗎？」

露易絲認為我們無法動員那麼多人。

「人數完全不夠，所以我找了其他援軍。導師也是以冒險者的身分接受討伐的委託。」

「那該不會是……」

幾天後，赫爾塔尼亞溪谷上空出現一支由四艘大型魔導飛行船組成的空中艦隊。

那副光景讓露易絲嚇得說不出話來。

「這是已經正式啟用的大型魔法飛行船的備用船吧。」

「沒錯，如果不用這個，根本就運不了那麼多人。」

「真是砸重本呢……」

反正只要解放赫爾塔尼亞溪谷，就會有許多人來要求特權。

那不如讓王國多幫點忙。

「出錢的人是我，即使失敗也不會造成太大的損害。」

「我能理解為何布洛瓦藩侯家會想進行後方擾亂了……」

雖然羅德里希或許會不太贊成，但王國軍能在我出錢的情況下累積訓練和實戰經驗，即使對手是魔像，參加的指揮官和士兵還是能立下戰功。

所以我一和艾德格軍務卿提起這件事，他馬上就用魔導飛行船把王國軍送來了。

「我們奉艾德格軍務卿的命令來到這裡。我是司令官亞洛斯．馮．威利．阿基里斯。」

率領總計三千名士兵的阿基里斯先生，是名年約四十歲，看起來很認真的人。

他是名譽子爵家的當家，和阿姆斯壯伯爵家似乎是遠親。

「真是大規模的作戰呢。話說……」

「啊，是的，已經準備好了。」

「真了不起。」

阿基里斯子爵之所以能快速率領軍隊過來，是因為沒特別準備糧食和飲水。這裡沒有港口，無法讓大型魔導飛行船降落，士兵們都是用繩梯一個一個下來。

「你們來得還真快呢。」

「因為聽說我們的工作是佯動，而且物資將由這邊準備。那麼，我們趕緊解放這裡吧。」

「為什麼要這麼急？」

「雖說這座赫爾塔尼亞溪谷已經在裁定案中正式轉讓給鮑麥斯特伯爵，但如果有人發現我們的動向，或許會有人開始打起壞主意。」

本身也是貴族的阿基里斯子爵，似乎一點都不相信布洛瓦藩侯家的誠意。

他向我說明盡快完成行動，製造既成事實的重要性。

「這麼說也有道理。啊，對了。」

我將事先準備的大量物資交給阿基里斯子爵。

我昨天做了個臨時的物資儲藏所，並將物資放在那裡。

「如果沒有物資，軍隊就無法行動，但只要有所準備，行動起來就意外地有彈性。」

用繩梯從大型魔導飛行船降落地面的三千名士兵，立刻以隊為單位前去領取物資。這是為了立刻設置陣地和準備餐點。

「只要有人跨過這條邊界線，就會觸動魔像，但只要逃出來，就不會再被襲擊。雖然我事先有收到報告，但這構造還真是神奇呢。這幾天我們會一面訓練，一面摸索有效率的佯動方法。」

阿基里斯子爵率領的三千名王國軍反覆出入邊界線，將地面的岩魔像引過來加以狩獵。

「不要追得太深，還有別忘了在數量增加前逃到外面。」

和阿姆斯壯伯爵或艾德格軍務卿不同，阿基里斯子爵冷靜地指揮軍隊。

儘管已經開始出現死傷者，但他表示這都在預期的範圍內。

「如果不想死，就不該當軍人或冒險者。」

為了替正式作戰做準備，阿基里斯子爵淡淡地執行佯動訓練。

他們的任務是在我們出擊時，幫忙引開地面上的魔像。

「那我方的援軍呢？」

「這兩天就會湊齊。」

只靠三千名王國軍，還不夠進行佯動，所以我們也向附近的貴族們請求支援。

「鮑麥斯特伯爵大人，真是幫了大忙……」

受到布洛瓦藩侯家的影響，領地與赫爾塔尼亞溪谷鄰接的貴族，絕大部分都因為這次的紛爭蒙受損害。

儘管他們後來投靠布雷希洛德藩侯家，並讓布洛瓦藩侯家代為承擔損害，但在布洛瓦藩侯家簽訂裁定案並支付和解金之前，他們的欠債都不會消失。

由於財政拮据，因此他們也派遣諸侯軍參加伴動任務。

他們看準鮑麥斯特伯爵家會提供謝禮，才接下這種類似傭兵的工作。

「我們真的很缺人手呢……」

「因為是新興的領地貴族啊。」

當王國軍與超過五十家的諸侯軍抵達赫爾塔尼亞溪谷後，隨即分成十個軍團，反覆進行伴動訓練。

跨越邊界線引出魔像，稍微交戰後便逃到外面。

等看不見魔像後，便再次跨越界線進行挑釁。

除了摸索該怎麼做才能多吸引一點魔像外，也加緊訓練提升破壞它們的效率。

這樣的過程持續了一個星期，如今甚至開始能看見來賣食物和娛樂物品的商人。

解放作戰為赫爾塔尼亞溪谷帶來了一種特別需求。

「那麼，差不多該開始準備入侵了。」

開完最後一場會議後，終於要開始作戰了。

被派到赫爾塔尼亞溪谷周圍的十個地點的軍隊，將反覆進出邊界線挑釁地面的魔像，盡可能吸引它們的注意力，然後我們五人將從距離巨岩魔像最近的地點開始入侵。

最低限度地排除在空中飛的魔像，走最短距離一口氣破壞巨岩魔像。

「布蘭塔克先生，這裡就是最近的入侵地點吧？」

「伯爵大人也有用『探測』調查過吧？它們的老大就在赫爾塔尼亞溪谷的正中央。」

正確來說，是在位於中央地帶的裂谷最深處中央。

連腳都沒有的巨岩魔像，就鎮守在那裡的魔力聚集處。

尺寸超過一百公尺，前後分別有八顆頭和八條尾巴。

體內埋藏著能同時操縱十萬隻魔像的巨大人工人格結晶，以及即使品質不高、但一天最多能生產五千顆魔石的裝置，同時還具備排除所有入侵赫爾塔尼亞溪谷的敵人的功能。

由古代魔法文明時代的天才魔法道具工匠伊修柏克伯爵打造，宛如有生命般的防衛裝置。

「頭和尾巴都有八個啊。」

雖然不能移動，也不會吐息，但它能從嘴巴發射岩彈，以及揮動尾巴攻擊敵人。

因為基本上是由岩石構成，所以不像之前戰鬥過的祕銀魔像那麼堅固，但它受到的損傷似乎會隨著時間經過恢復，因此仍是個不容小覷的敵人。

「跟在下以前聽說過的『八岐大龍』很像呢！」

就像日本神話裡出現過的「八岐大蛇」那樣，這個世界也有一個關於擁有八顆頭的龍的傳說。導師之所以知道這個傳說，是因為在冒險者預備校的課堂上有教過。

至於那隻龍是否真的存在，至今仍然不明。

「我從以前就在想，既然有八顆頭，那應該叫『七岐大龍』吧？」

「露易絲小姐，就算抱怨那麼久以前的傳說也沒意義吧。比起那種事，時間應該差不多了吧？」

卡特琳娜吐槽露易絲的歪理。

「卡特琳娜說的沒錯。」

我們五人在邊界線外的岩山山脊上待命，王國軍和鮑麥斯特伯爵家諸侯軍的混合部隊，正在我們眼前與被他們引出來的魔像軍戰鬥。

「喝啊——！」

「艾爾真有幹勁。雖然動機不純……」

艾爾在前線揮舞祕藏的奧利哈鋼劍，但遭到露易絲無情的批判。

不過艾爾最大的目的還是為了避免友軍受到傷害，他知道自己的劍不會變鈍，所以才主動上前線。

「不過這個理由和想表現給卡露拉小姐看的心情，應該同時在他內心交戰吧？」

「卡特琳娜講話也好狠……」

「那個年紀的男生都是那個樣子啦。好了，差不多該出發了。」

面對來自超過十個地方的入侵者，推測有八萬隻的魔像們幾乎都聚集到外圍地區。

雖然要是一次面對這麼多敵人應該會全滅，但不需要做到那種程度。

因為我們要高速飛向巨岩魔像的所在地，這麼做只是為了避免那些被引到外圍的魔像妨礙我們作戰而已。

不過在空中的兩萬隻魔像幾乎都沒有移動。

看來它們只負責應付從空中入侵的敵人。

「兩萬隻啊……」

「它們平常都是散布在赫爾塔尼亞溪谷各處。我們得趁它們集合之前，迅速破壞巨岩魔像。準備好了嗎？」

沒有必要全部破壞。反正只要巨岩魔像被破壞，其他魔像就會變回石塊，要是花費太多時間，作戰就會失敗。

布蘭塔克先生特別提醒導師。

「導師，請您別獨自留在原地打倒所有敵人喔。」

「在下好歹也是個職業冒險者……」

在這種場合，經驗豐富的布蘭塔克先生的意見果然還是會受到尊重。

導師也坦率地聽從較為年長的布蘭塔克先生的意見。

「只是為了慎重起見，其他人也都聽到了吧。」

「了解！」

「交給我吧。」

「我開始手癢了。」

「那要出發囉！」

在布蘭塔克先生的指示下，我們五人用「高速飛翔」衝進赫爾塔尼亞溪谷。

陣形是我和卡特琳娜一起打前鋒，露易絲和布蘭塔克先生跟在我們後面。

負責殿後的導師，會幫我們驅除追上來的魔像。

「布蘭塔克大人，後面沒有敵人。」

「要是現在就被追上，那作戰就算失敗了……」

由於我們才剛入侵溪谷，因此空中的魔像們幾乎都還來不及對應。

接著幾隻魔像擋住前方的去路，我率先製作「龍捲標槍」投擲出去。

被標槍擊中的翼龍型魔像，和周圍的幾隻魔像一起粉碎，墜落地面。

「必須節約魔力才行。卡特琳娜也一樣。」

雖然我們根據古書的資料想出了完美的策略，但因為不曉得會發生什麼事，所以基本的作戰就是要盡可能節約魔力。

「這是當然。畢竟我的魔力量比威德林先生少。」

接著有十幾隻大鷹型魔像開始進入目視範圍內，卡特琳娜對它們發動魔法。

「龍捲粉碎！」

前方的魔像們中間，突然出現一個不愧「暴風」之名的龍捲風，將它們捲到上空。

在龍捲風內互相撞擊的魔像接連被破壞，然後直接墜落地面。

「真厲害。我也想找個對象來攻擊。」

「露易絲要保留魔力。」

「我知道啦，只是有點無聊。」

露易絲原本就不會使用放出系的魔法，所以她的工作就是直接對巨岩魔像使出強烈的攻擊。

在抵達之前，露易絲都必須盡可能保留魔力，因為她要負責給巨岩魔像最後一擊。

「我要使出渾身解數，發動祕奧義。」

「感覺很值得期待（她果然有祕奧義啊）。」

「威爾，你就盡情期待吧。」

出擊前的露易絲還是一如往常地開朗，她似乎不明白什麼叫壓力。

「魔像比想像中還要少呢……」

開始入侵後過了約十分鐘，布蘭塔克先生困惑地說道。

都過了這麼長的時間，根據古書的記載，現在空中應該會聚集更多魔像才對。

然而直到目前為止，我們只打倒了五群由數隻到數十隻不等的魔像組成的群體，前方也看不見其他敵人。

「該不會……」

「該不會怎樣？」

「那個人工人格或許意外地能幹。」

繼續飛行數十秒後，我們終於抵達目的地。

位於赫爾塔尼亞溪谷中央的巨大裂谷。

雖然巨岩魔像就鎮守在裂谷深處，但那裡的上空有超過一萬隻魔像在等待著我們。

「嘖！它發現我們的目的了嗎？」

「數量這麼多，根本就無法進入裂谷。」

巨岩魔像是在裂谷裡面，所以我們必須先驅除上空的那些魔像。推測將近兩萬隻的魔像都聚集在這裡，密度高到幾乎看不見天空的顏色。

「伯爵大人。這還在預測的範圍內。動手吧！」

「了解！」

在接近那些魔像的同時，我拿出約十顆魔晶石握在手中。

我進一步集中精神，開始準備施展極大上級魔法。

「（基本上，還是用這種魔法感覺比較痛快。）」

花了約一分鐘的時間凝聚魔力後，我將雙手對準前方發動魔法。

我之前和古雷德古蘭多戰鬥時花了兩分鐘，看來我也稍微有些成長。

「爆裂龍捲風！」

在離我有段距離的魔像們中間，出現一道巨大的龍捲風，在捲入約五千隻魔像後，龍捲風開始劇烈旋轉。

在龍捲風內互相撞擊的魔像接連被破壞，等龍捲風消失後，那些殘骸將周圍沒事的魔像一起捲入，墜落地面。

和「龍捲風刃」不同的是，因為是將巨大的龍捲風橫向放出，所以有效範圍較廣。

巨岩魔像比古雷德古蘭多弱，因此我讓威力朝廣範圍擴散。

順帶一提，「爆裂」這個名字是來自用手掌擊出的印象……隨便想出來的。

「威德林先生比較擅長這種魔法呢。」

「是啊。因為用起來很痛快。」

對手是魔像，所以不必像「廣域區域震撼」那樣在意威力。

「它們似乎將我們視為必須排除的威脅了。」

由於一口氣被破壞了四分之一的同伴，魔像們開始準備驅除我們。

可以確定有約一半，亦即七、八千隻的魔像朝我們逼近。

「再來一發！」

我再次將雙手伸向前方，這次發射的是和龍魔像戰鬥時使用的無屬性放出魔法。

儘管威力較弱，但命中後會將敵人打飛，魔像們在撞上後面的同伴後一起碎裂。太過密集反而成了敗筆，果然只要以數量為優先，個體就不怎麼強。

「雖然我是第一次看見，但這威力真是荒唐。」

卡特琳娜也連發了幾次龍捲魔法，破壞了幾千隻魔像，但是她事先準備的魔晶石卻幾乎都用光了。

「不過這樣應該減少了不少數量……是不是變多了？」

的確，我們明明將敵人減少到剩下約五千隻，但不知為何敵人的數量又恢復到這個數字的兩倍。

「它們已經透過魔石復活了嗎？」

「一天不是只能製造五千顆？」

根據古書的說明，巨岩魔像一天最多能製造五千顆魔石，它會從屁股的部位排出魔石，讓其他魔像吞下去，然後它們就會像生物般分裂出新的小魔像。

剛誕生的小魔像，會吸收附近的岩石長大。

雖然印象中是這樣，但要是損害增加得太快，或許就會省略一部分的程序也不一定。

「畢竟不缺材料。」

材料就是剛才被我們盛大地破壞，掉到地面的魔像殘骸。

「布蘭塔克先生？」

「要是花費太多時間，或許會不太妙。」

雖然巨岩魔像一天最多可能只能製造五千顆魔石，但如果它製造的魔石能夠另外保存，那敵人就有可能再繼續增加。

有必要加快作戰的進度。

「裂谷深處只有一個巨大的反應，和數百個微小反應。直接衝進去破壞頭目比較快！」

「說得也是……導師，要準備衝進去了！」

「交給在下吧！」

我再次使出無屬性的放出魔法，減少魔像的數量，與此同時，導師開始衝進魔像群內。

導師在身上張開「魔法障壁」，並直接賞了朝他逼近的翼龍型魔像的頭部一拳。

頭部碎裂的魔像，就這樣墜落地面。

接著他轉身一踢，粉碎從後面襲擊他的魔像，然後抓住其他魔像的尾巴用力旋轉，打壞了好幾隻魔像。

「他果然非常強。」

「是啊……」

儘管外表不像魔法師，但導師明顯擁有壓倒性的強悍實力。

布蘭塔克先生和我，都再次為他的強悍感到驚訝。

「上空的魔像就交給導師，我們衝進去！」

「了解！」

必須趁魔像的數量還沒完全恢復，盡快做個了斷。

我們四人急忙衝進裂谷，接著突然有岩彈從前面飛過來。

用事先展開的「魔法障壁」彈開後，在前方發射岩彈的岩龍發出咆哮。

「是巨岩魔像！」

如同古書的記載，它擁有八顆巨大的頭部，八張嘴巴接連吐出岩彈，企圖擊潰我們。

此外在狹窄的裂谷中，還有數百隻大鷹型魔像，對我們發動攻擊。

雖然也有許多魔像不幸被巨岩魔像發射的岩彈波及，但或許是因為能夠無限補充，所以巨岩魔像毫不在意同伴的損害。

「目標是它體內的巨大人工人格結晶。破壞頭部向前進。」

巨岩魔像非常巨大，如果想靠近它的身體，就必須先破壞頭部再前進。

我立刻施展將龍捲風凝聚成槍狀的魔法破壞兩顆頭，卡特琳娜也操縱小型龍捲風擊潰兩顆，布蘭塔克先生則是用躲避球大的龍捲風球發動攻擊。

一隻大鷹型的魔像對布蘭塔克先生發動襲擊，但後者做出一顆尺寸和壘球差不多的風屬性彈，直接破壞了魔像的頭部。

布蘭塔克先生的周圍，總是飄浮著約十顆的風球，他透過發射風球排除構成威脅的魔像。減少的風球馬上會被補充，飄浮在布蘭塔克先生身旁。

真是可怕的魔法精密度。

「我的魔力不多，所以只能多下點工夫。還剩兩顆！」

巨岩魔像的頭還剩兩顆。
因為它是橫躺在裂谷上，所以只要頭部被突破，敵人就能攻擊它的身體。
害怕這種情況發生的兩顆頭提升連射的速度，發狂般的持續吐出岩彈。
「啊！真是礙事！」
卡特琳娜用「魔法障壁」彈開岩彈，同時發出中型的龍捲風將那兩顆頭打飛。
這樣就能前進了。
「不過，它的身體哪裡是弱點啊？」
「不知道！只能不斷嘗試，全部用拳頭打碎！」
伊修柏克伯爵留下的古書裡，並沒有包含巨岩魔像的設計圖。既然知道人工人格結晶是藏在身體裡，就只能設法破壞那裡了。
「布蘭塔克先生也意外地粗枝大葉呢……那與其說是身體，不如說是巨大的岩塊？」
的確，與其說是身體，不如說那不管怎麼看都是寬五十公尺、長一百公尺、幾乎要把裂谷填滿的巨大岩塊。
露易絲困惑地站在被破壞的頭部附近，揮出灌注魔力的拳頭。那拳的威力非常驚人，身體部分出現半徑約十公尺的裂痕，然後開始碎裂。
「打中了嗎？」
「可惜，沒中！」

雖然是布蘭塔克先生代替露易絲回答，但我馬上就知道理由。

「威德林先生！必須盡快破壞結晶！」

看來頭部修復得比想像中還快。

卡特琳娜用「魔法障壁」防禦八顆頭從後面吐出的岩彈。

「它恢復得比預料中的還快……哎呀！」

布蘭塔克先生移動到我們上方，開始強化「魔法障壁」。

「雖然導師還撐得住……」

被他破壞的魔像碎片持續落下。話雖如此，我們也不能叫他住手。只要導師一停止攻擊，上空的魔像們應該會過來襲擊我們。

區區岩石雨，也只能忍耐了。

「雖然是早就知道的事情，但這數量也太多了。」

布蘭塔克先生在說話的同時，用風球攻擊導師漏掉的大鷹型魔像。考慮到敵人的數量，會有漏網之魚也很正常。

「露易絲，盡全力破壞吧。」

「我知道了！我要使出全力囉！」

我們四人一點一點地前進，讓露易絲破壞巨岩魔像的身體。

站在前方的我負責防守來自屁股方向的攻擊，八條尾巴和十幾隻大鷹型魔像一起對我們發動攻擊。

「製作充當魔像核心的魔石的裝置，是在屁股那裡吧？」

「好像是！」

布蘭塔克先生用「魔法障壁」防禦岩石雨，同時回答我的問題。

露易絲一面用魔晶石補充魔力，一面持續對巨岩魔像的身體揮拳。

雖然身體部分持續被破壞，但這段期間，厚達三公尺的八條尾巴也向鞭子一樣不斷攻擊這裡。

襲擊我們的大鷹型魔物的數量也逐漸增加。

「前有尾巴，後有頭部，上面是岩石雨啊！露易絲！」

「一口氣做個了斷吧！將所有的魔力都灌注在這拳裡！」

「喔喔！感覺好厲害！」

露易絲高舉單手集中意識，將自己剩下的魔力與剩下的魔晶石內的魔力全都集中到拳頭上。

「她將超過自己魔力量的魔力聚集到拳頭上了？」

這就是現在的露易絲厲害的地方。一般的魔法師無法將超過自己魔力量的魔力留在體內。所以我們使用「廣域區域震撼」時，才會因為從魔晶石內吸取魔力的速度不夠快吃盡了苦頭。

然而露易絲能將超過自己魔力量好幾倍的魔力集中到高舉的拳頭內。

「雖然反彈有點大，但再拖下去狀況只會逐漸惡化，所以我要上了。魔鬥流究極奧義！『大爆炸攻擊』！」

雖然招式名稱意外地普通，但在露易絲充滿魔力的拳頭攻擊到巨岩魔像身體的瞬間，便發出刺眼的閃光，接著巨岩魔像的身體開始產生範圍遠遠超過之前的龜裂。

「成功了，威爾！」

原本宛如巨岩的身體徹底碎裂成無數拳頭大小的石塊，攻擊我的尾巴、復活後攻擊卡特琳娜的頭部，以及分散在裂谷中的魔像們全都化為石塊掉落地面。

看來露易絲真的成功徹底破壞巨岩魔像了。

「露易絲，妳好厲害！」

由於是初次見到的絕招，因此讓我非常感動。

「不過我的身體暫時動不了了……」

畢竟是真正的絕招，所以對身體的反彈也很大。

我立刻上前抱住搖搖晃晃地站在岩石堆上的露易絲。

「沒事吧？」

「我的魔力幾乎都用盡了，所以有點睏……不過，感覺有點賺到。」

「這樣啊。真是辛苦妳了。」

我摸著露易絲的頭開口褒獎，她以陶醉的眼神說道：

「作為獎勵，威爾要好好用公主抱將我抱回去喔。」

「我就答應妳的要求吧。」

不能隨便拒絕有功者的願望。

因此我馬上答應。

「那只有我比較幸運呢。畢竟我暫時會失去意識。」

「嗯？」

我頓時無法理解露易絲在說什麼，但馬上就知道答案了。

簡單來講，統率所有魔像的巨岩魔像已經被破壞，所有魔像都變回石頭。

會飛的魔像絕大部分都被導師引到上空，那些魔像應該也會全部變回石頭，並遵循物理法則掉落地面。

至於掉落地點，正好就是我們的所在地。

「快撤退——！」

我大聲對布蘭塔克先生和卡特琳娜下達撤退命令。

「這樣根本就沒有餘裕沉浸在勝利的餘韻裡！」

「那種事情晚點再做！」

我抱著露易絲，和另外兩人一起展開「魔法障壁」撤退到上空。

這段期間好幾百噸的岩石豪雨不斷落下，那股威力甚至凌駕於巨岩魔像發射的岩彈。

由於一口氣落下大量岩石，赫爾塔尼亞溪谷發生局部性的地震，就連裂谷都有許多地方崩塌或龜裂。

「總算逃出來了……」

「這岩石雨比魔像軍團和巨岩魔像還要致命。」

魔力幾乎快要耗盡的布蘭塔克先生鬆了口氣。

「真是悽慘。雖然露易絲小姐看起來很幸福……」

卡特琳娜羨慕地看著用盡魔力後，帶著愉快的表情入睡的露易絲。

「卡特琳娜也想被公主抱嗎？」

「威德林先生，你在說什麼啊……晚點也抱我一下……」

卡特琳娜紅著臉忸忸怩怩地說道。

「不過幸好小子曾經在導師的指導下鍛鍊過身體。所以才能抱得動露易絲姑娘。」

「布蘭塔克先生到底把我想得多瘦弱啊……」

我不否認絕大部分的魔法師通常都很瘦弱，但也有少數像導師那樣的例外。

「唉，跟導師相比是很瘦弱。」

「那麼，那位導師人呢……」

獨自擋下幾千隻魔像的另一位功臣——導師正飄浮在比我們還要高的上空。

「唔喔喔喔——！是我等的勝利！」

雖然本來就沒有人在擔心他，但導師果然毫髮無傷。

獨自發出奇妙的勝利吼叫的導師一發現我們，就開心地靠了過來。

「跟露易絲姑娘學的格鬥技派上用場了。因為『魔導機動甲冑』太耗魔力，所以格鬥技非常有幫助。話說露易絲姑娘魔力用盡了嗎？」

「因為她用了祕奧義。」

「是那道刺眼的光芒嗎？」

我一說明露易絲使用的招式，導師就露出佩服的表情。

「什麼！儘管反彈非常強烈，但居然能將超過自身魔力量好幾倍的魔力灌注在拳頭裡擊出！這招真是太適合在下了！在下之後一定要請她傳授！」

「不，還是算了吧。要是導師使出那種招式，這塊大陸一定會崩壞。」

「布蘭塔克大人，再怎麼說那樣都太誇張了吧。」

「（不。我覺得一點都不誇張……）」

「（的確不是完全沒有這個可能性呢……）」

我和卡特琳娜都同意布蘭塔克先生的說法。

就這樣，我們順利解放了赫爾塔尼亞溪谷，但需要補充說明的是，因為「大爆炸攻擊」實在太難學，所以導師後來並沒有成功學會。

世界的和平，順利被守護了。

第十話　結果還是要負責收拾殘局

「露易絲，妳已經沒事了嗎？」

「雖然沒事，但祕奧義對身體的負擔很大……」

「真是厲害的招式。」

「儘管威力還算強，但不管是威力或範圍，都比不上上位魔法師使用的上級魔法。」

「我倒是真心覺得很厲害，畢竟能夠粉碎那個巨大的身體。」

在我們的奮鬥下，曾經是防衛用岩石型魔像巢穴的赫爾塔尼亞溪谷，終於順利被解放。

雖然經歷了一場苦戰，但露易絲最後使出魔鬥流的祕奧義結束了一切。

巨岩魔像和被它操縱的魔像們都變回自然的姿態，再也無法復活。

赫爾塔尼亞溪谷獲得解放。

「威爾這三天都在做什麼？」

「工作。」

露易絲是這次的最大功臣，所以我們讓她躺了三天。

儘管不是完全不能動彈，也能自己去上廁所，但這幾天都是由艾莉絲她們在伺候她用餐。

「魔鬥流真是深奧呢。」

「因為歷史悠久，過去的偉人留下了許多招式和祕奧義，但能不能使用又是另一回事。」

「什麼意思？」

「只要沒才能就無法使用。」

看來想修練魔鬥流並學會帥氣的招式，並沒有那麼簡單。

「威力也是個問題。有些人即使用了，也只能擊碎大小和自己差不多的岩石。」

原來如此，這之間存在著令人絕望的才能差距啊。

「因為大部分的人都無法使用，所以才變得重視招式。如果只看灌注魔力戰鬥這方面，導師和威爾也很強吧？」

在這次的戰鬥中，導師獨自應付了數千隻魔像。

儘管沒有殲滅它們，但他似乎一個人破壞了好幾百隻，為他的最強傳說增添了新的一章。

另一方面，因為我的性格和那種戰鬥方式不合，所以總是直接放出魔法。

導師反倒不擅長放出魔法，因此或許可以將導師和我分別歸類為強化型和放出型。

在我以前看過的漫畫裡，也有這樣的分類。

「鮑麥斯特伯爵大人。王都派來的調查隊到了。」

「他們要直接在這裡進行分析嗎？」

「不，應該會帶回去。」

「希望這次能有什麼成果。」

赫爾塔尼亞溪谷解放後，我們將大本營移到中央地帶的祕銀礦床旁邊。

這是為了用我的魔法調查埋藏量，以及防範礦石小偷闖入解放後的赫爾塔尼亞溪谷。

有參加這次作戰的貴族家士兵都在外圍地區布陣，警戒宵小之輩入侵。

實際上，我也有收到已經有幾名入侵者被捕的報告。

入侵者是附近的居民，他們似乎認為「既然現在能輕易採掘礦石，或許能藉此大賺一筆」。

儘管現在都還只是個人犯案，但對這塊土地還有留戀的布洛瓦藩侯家，很可能正在打什麼壞主意。

「魔法道具公會的成員抵達了。他們的自尊心很強，所以認為如果不自己處理，就會錯失新技術吧。」

負責警戒大本營的阿基里斯子爵，向我報告魔法道具工匠們已經從王都來到這裡。

為了回收被我們破壞的巨岩魔像的殘骸，他們包了一艘大型魔導飛行船來這裡。

「不論是人工人格結晶、魔石生成裝置，還是其他莫名其妙的裝置，都已經損壞到無法使用。」

因為那些東西都已經不折不扣地被露易絲給粉碎了。

「他們應該是想努力解析那些裝置，盡可能提升現在的技術水準吧。」

我們這邊也陷入了苦戰，不可能這麼剛好只讓那些裝置維持完好無缺的狀態。所以只能請他們接受「光是還有剩下殘骸就很好了」的事實。
即使如此，他們還是大手筆地以高價買下所有巨岩魔像的碎片、數十隻魔像的碎片，以及魔石的樣本。
儘管生意狀況穩定，他們還是想要新的成果吧。只要能當成線索，就算只是殘骸也要高價收購。這或許也是為了與魔導公會對抗。
我原本只是開玩笑地出了個高價，沒想到他們真的拿出裝滿白金幣的袋子放在我面前，害我嚇了一跳。
「他們到底要怎麼把那些東西帶回去啊？」
「好像會直接搬到他們包的大型魔導飛行船上。不過一趟應該載不完吧。」
巨岩魔像的身體幾乎都是由普通的岩石構成。不過即使在我們看來只是普通的石頭，還是有可能成為重要的提示，所以魔法道具公會打算將所有岩石碎片都帶回去。
就連裝貨和搬運，他們都表示要自己進行，我想起包含我前世認識的人在內，這類技術人員大多都有點過度講究。
「那麼，您打算要怎麼開發這裡呢？」
「正常地委託其他人。」
因為連自己的領地都已經人手不足了，所以當然要從其他地方找人來填補。
而且其他地方多的是人。

貴族在自己的領地發現礦山時，通常會委託外地的採礦人、礦山技師和擅長精製的技術人員來領地內工作。至於挖掘的人，則是從次男以下的農家子弟中找。這對無法繼承農地的領民們來說，是個很好的職缺。

然而視情況而定，礦山通常在幾十年後就會枯竭。

雖然只要能在領地內，或是附近的貴族領地內發現新的礦床就沒問題，但若找不到，那些人就會失業。

在這樣的背景下，這行缺工作的人很多，而且只要有心，根本就不怕找不到挖掘的人。

「不管是讓他們搬家還是離鄉工作都行。只要這裡挖得到金屬就行了。」

不需要堅持什麼都自己來。

絕大部分的人才都能從王國直轄地或其他領地募集，我們的人只要負責管理和檢查有沒有不正當的行為就行了。

「這體制還真是大方呢。」

「不必花很多時間不是很好嗎？」

要是全部都自己來，光是將礦石搬出去就要花費不少時間。

為了避免這種情形發生，最好的方法就是活用外地人。

「（而且為了減輕周圍的嫉妒，還是分點好處給別人比較好。）」

雖然赫爾塔尼亞溪谷是鮑麥斯特伯爵家的領地，但在這裡工作的絕大部分都是外地人。

這表示設籍在直轄地或其他領地的人的工作和收入也獲得了保障。

領民們因此有了新工作，而他們的收入提升也有助於活絡經濟。

平常在礦山工作的礦工們，偶爾也會回故鄉，在老家使用他們賺到的錢。

光是這樣，就足以改善他們故鄉的經濟。

「王國軍也多了一份工作。」

其實我預定將赫爾塔尼亞溪谷外圍的部分土地賣給王國。

雖然那塊土地沒有礦山，但王國將在那裡設立「王國軍赫爾塔尼亞溪谷守備隊」的大本營，並留下約一千名的士兵。

他們的工作，是防止鮑麥斯特伯爵家以外的貴族對赫爾塔尼亞溪谷出手，報酬則是警備委託費和穩定提供礦石。

「這裡的祕銀礦床比想像中還大。反正王國一定會介入，不如先用一點甜頭收買他們嗎？」

雖說是軍人，但以名譽貴族的身分在中央政壇打滾過的阿基里斯子爵是個現實的人，而且也願意站在我們這邊。

「畢竟就算已經完成裁定，還是有個棘手的鄰居在。」

「得知赫爾塔尼亞溪谷解放的消息後，他們應該會發狂吧。」

為了避免這點，得僱用一個比布洛瓦藩侯家厲害的保鏢才行。

「畢竟是這麼大規模的礦山地帶，將來一定會建立精製設施。一旦必須經營大規模城鎮，到時候又會需要人手。」

鮑麥斯特伯爵領地目前還在積極招募移民，不可能讓那裡的人搬過來。

所以還是只能從外部募集人手。

「感覺會變很忙呢。」

「嗯，是啊……」

由於祕銀的數量壓倒性地不足，因此就算是礦石狀態，還是有許多王都的工房願意收購。雖然之後會緊急派船過來載運，但在那之前，我們必須盡可能進行採掘，並整頓出能讓大型魔導飛行船降落的地方。

我也被迫再次以土木工程冒險者的身分進行整地，為建造城鎮做準備，同時還要整頓連結礦山和城鎮的道路。

「那條石鋪路真是太棒了。」

「因為材料很豐富啊。」

這裡有取之不盡的岩石，只要用魔法切割岩石，鋪在經過整地的馬路上面，鋪裝過的道路就完成了。

「不論名實，這裡都逐步被納入鮑麥斯特伯爵家的支配。對我來說，赫爾塔尼亞溪谷守備隊隊長是個非常好的肥缺，所以我會用心提防布洛瓦藩侯家的干涉。」

雖然不曉得布洛瓦藩侯家那些傢伙會怎麼來找碴，但阿基里斯子爵應該會成為一面很好的盾牌。

「布洛瓦藩侯家的混亂，在王都也蔚為話題。不曉得因為是這種時代……還是陛下的溫情？那個家似乎沒被剝奪貴族籍。」

按照阿基里斯子爵的說法，如果現在是戰時，那家人早就被貶為平民了。

要是他們因為不服判決而叛亂，王國軍和貴族也會樂於參加討伐作戰吧。畢竟是個立功的好機會。

「總而言之，還是先以搬運祕銀礦石的準備為最優先吧。」

幸好祕銀礦床能夠露天開採，不用多少時間，應該就能運出礦石。

在那之後的一個星期，我埋首於用魔法打造地基，為建立基礎設施和讓魔導飛行船起降的港口做準備。

『那裡是飛地，從地理條件來看，不可能從事農業或畜牧業。接下來應該暫時只能採掘礦石。等過幾年以後，再建立能夠進行一定程度精製的大規模工廠提升效率。大概就是這樣吧……』

我透過魔導行動通訊機，徵詢羅德里希的意見。

為了將這座赫爾塔尼亞溪谷完全納入鮑麥斯特伯爵家的支配，他派了追加的人員過來。

警衛、礦山技師，以及能協助經營新城鎮的政務與財務方面的人才。

當然，我們也計畫要僱用大量礦工。

『雖然糧食無法自給自足……』

儘管不是完全不可能，但這裡性質上是岩地，所以必須從植林等作業開始，將具備保水力的土壤固定在土地上。

赫爾塔尼亞溪谷的河川或湖泊不多，如果想要水，就必須穿透厚厚的岩層鑿井，這也要花費好幾十年的時間。

此外還要考慮礦床和礦山產生的礦毒。

如果由我來處理，只要用魔法對金屬使用「萃取」就結束了，但下一個世代很可能無法做到相同的事情。若要一面考慮礦毒的對策，一面將這裡改良成能進行農業的土地，那無論如何都必須延後處理。

畢竟現在要以開發未開發地為優先。

「暫時先別管糧食該如何自給。向周邊的貴族購買，順便拉攏他們吧。」

這樣也能預防布洛瓦藩侯家從中作梗。

為了不失去重要的客戶，那些貴族應該會樂於替我們警戒布洛瓦藩侯家。

『他們難道不會趁機抬高價格嗎？』

「有這個可能，但除非所有販賣糧食的貴族都有事先談好，否則應該很難吧。」

而且要是價格真的太高，只要改從鮑麥斯特伯爵領地或布雷希洛德藩侯領地進口就行了。

『畢竟貴族們也不是那麼團結。』

「沒錯。」

『關於代理官的人選，鄙人挑選的人才能夠勝任嗎？』

「好像沒什麼反對意見。」

羅德里希挑選的赫爾塔尼亞溪谷代理官，是阿姆斯壯伯爵的三男費利克斯。

「雖然被任命為代理官讓我很不安。」

儘管費利克斯缺乏內政和財務的經驗，但這部分只要由其他人填補就好，之所以任命他為代理官，是為了牽制擔任赫爾塔尼亞溪谷守備隊隊長的阿基里斯子爵。

既然這裡的代理官是身為王國軍重要人物的阿姆斯壯伯爵的三男，那就算阿基里斯子爵想打什麼壞主意，也沒那麼容易吧。

為了讓三男成為鮑麥斯特伯爵家的重臣，位於王都的阿姆斯壯伯爵家應該也會不吝於提供協助吧。

雖然營運成本會因此提升，但新興伯爵家要是想要什麼都自己來，我和羅德里希一定會過勞死。

利用一定程度的特權換取夥伴，長期來看會比較有利可圖。

而且這樣也比較輕鬆。

「讓武官擔任這裡的首任代理官，也能預防被其他勢力找麻煩。預算非常充分，希望你能好好用來請人，讓礦石能順利地運輸出去。」

「遵命。」

費利克斯被任命為首任代理官，在老家的協助下開始統治赫爾塔尼亞溪谷。

必須繼續進行土木工程的我，也取回了能優雅喝茶的餘裕。

「我打了勝仗，獲得新的領地和特權，同時也結交了許多新的貴族。雖然以貴族來說，我這次大有斬獲……」

不過讓艾爾和卡露拉小姐在一起的目的，至今仍未實現。

候補繼承人菲利浦與克里斯多夫，和布雷希洛德藩侯之間的裁定交涉依然毫無進展，所以他們現在仍想將我和卡露拉小姐送作堆。

「明明已經把他們逼得夠緊了……」

「就是因為已經被逼入絕境，他們才會頑固地想讓卡露拉小姐成為威爾的妻子吧？」

伊娜的指摘，讓我恍然大悟。對方的確有可能這麼想。

「咦？那讓卡露拉小姐參戰不就沒意義了嗎？」

「反正不管怎樣，布洛瓦藩侯家都會設法將卡露拉小姐推給威爾。所以打贏紛爭也算是件好事。」

不過完全沒達到原本的目的……

「真是的！像這種時候！」

只能去請教最擅長謀略、同時也有陪艾爾商量的克勞斯的意見了。

我是貴族，不管什麼樣的人才都必須妥善利用。絕對不是因為我什麼方法都想不出來。

「艾爾文大人和卡露拉大人的事情嗎？」

「沒錯。」
「我認為最清楚解決方法的人，就是卡露拉大人。畢竟那位大人之前曾待在布洛瓦藩侯的身邊。」
克勞斯似乎掌握了什麼線索，但我完全搞不清楚狀況。
「卡露拉大人明明是作為布洛瓦藩侯大人的使者前來，但完全沒做任何對布洛瓦藩侯大人有益的事情。」
她不只沒來誘惑我，還幫忙艾莉絲她們做飯、洗衣與裁縫。
就連艾爾都為她將來一定能當個賢妻良母而感到高興。
「是在伺機而動嗎？」
「有這個可能，不如親自和她確認一下如何？」
反正也想不出其他方法，於是我把卡露拉小姐找來談話。
「派我來這裡的人是父親。包含哥哥們在內，大家都認為我之所以被派來這裡交涉，是為了讓我成為鮑麥斯特伯爵大人的妻子。不過我完全沒那個打算。」
我怎麼突然就被甩啦……開玩笑的。
「那麼，妳來這裡有什麼目的？」
「是為了逃離繼承紛爭。畢竟這樣下去，等父親死後，我一定會被哥哥們利用。」
只要布洛瓦藩侯還活著，兩位候補繼承人就無法對負責照顧藩侯的她出手，但只要布洛瓦藩侯一死，他們就會為了在繼承競爭中獲得優勢，將她送去政治聯姻。布洛瓦藩侯在卡露拉小姐失去庇護前，以特使的名義將她送出領地，而她也同意了……

「不過父親是個純粹的大貴族。他不可能只為了這個目的送我出去。雖然他表面上是要我成為鮑麥斯特伯爵大人的好妻子，並說這樣對我來說最幸福……」

不過大貴族的城府深密，所以很難猜出他真正的意圖。

「妳有什麼頭緒嗎？」

「沒有……」

卡露拉小姐似乎也不曉得布洛瓦藩侯真正的意圖。

「克勞斯知道嗎？」

「雖然不曉得是不是正確答案，但是我有一些想法。順帶一提，卡露拉大人個人有什麼希望嗎？」

「我的希望嗎？很簡單，我只想脫離布洛瓦藩侯家。」

比起拘謹又冷漠的布洛瓦藩侯家，她更想以貧窮騎士之女的身分自由生活嗎？

「希望妳的目的能夠實現。」

「是的，我也這麼希望，鮑麥斯特伯爵大人。」

如果她的願望成真，讓艾爾和卡露拉小姐結婚的障礙就會消失。

只是從現狀來看非常困難。首先，菲利浦和克里斯多夫不可能答應。因為她是政治聯姻的重要棋子。
「原來如此，是這麼一回事啊。」
「克勞斯，你發現什麼了嗎？」
「威德林大人，這很簡單。」
「我不懂，快點說明。」
畢竟我的頭腦轉得不像克勞斯那麼快，不如說我不擅長這方面的事情。
「認領卡露拉小姐的人，是布洛瓦藩侯大人。反過來講，也只有當家有權將人逐出家門或剝奪籍貫。不過在布洛瓦藩侯大人死後，兩位候補繼承人都想利用同父異母的妹妹……」
雙方都打算擅自進行認領，並為了自己的目的利用她。只要和其中一方聯手，就會被另一方討厭，在最壞的情況下，或許還有可能會被殺。因為兩邊都不需要無法使用的道具。
「為了避免這點，就只能將卡露拉大人留在自己身邊照顧自己。之所以會將卡露拉大人送到威德林大人這裡，也是為了保險起見。」
「保險？」
「若卡露拉大人能成為威德林大人的妻子，那當然是最好。即使失敗，她也已經逃出領地，可以自己開拓自己的未來。」
無論如何，卡露拉小姐都能逃離布洛瓦藩侯家的混亂。
「父親是想保護我嗎？」

「雖然只是推測……但這父愛實在有點難理解呢。不過在送卡露拉大人來威德林大人這裡時，居然沒讓您帶任何隨從，這就有點奇怪了。」

是因為擔心即使卡露拉小姐沒有下令，隨從還是有可能擅自交涉政治聯姻的事情嗎？

「怎麼會……父親他……」

卡露拉小姐發自內心討厭自己的父親布洛瓦藩侯，所以克勞斯的推論讓她大受打擊。

「不過布洛瓦藩侯大人也是純粹的大貴族，不可能白白讓自己吃虧。他之所以不指定繼承人，或許是知道不管指名哪個人，自己死後家族都一定會分裂也不一定？」

的確，從他們交涉時亂成那樣來看，就算這樣想也不奇怪……

「如果是其他貴族家也就算了，關於東部最大的貴族家鬧分裂的事情，王國究竟是怎麼看待呢？」

當然是不可能認同。為了讓東部恢復安定，他們應該會不擇手段……

「或許會讓王族的男子成為布洛瓦藩侯家的養子或女婿，藉此安定局勢。」

布洛瓦藩侯家，有可能會被王國給搶走。

「只要第一候補和第二候補起爭執，第三候補就有機會抬頭。布洛瓦藩侯大人或許是為了這個第三候補，才刻意不指定繼承人。要是突然指名第三候補，在最壞的情況下，或許會被菲利浦大人和克里斯多夫大人剷除。」

「第三個候補繼承人啊……」

不管是再怎麼小的貴族家，最多都能選出十名候補繼承人。
即使是繼承機率很低的人，也能透過那個順位，確認自己在家中的地位。
「讓第三個候補繼承人繼承布洛瓦藩侯家，藉此保住家門。即使多少有些衰退，也在所不惜嗎？」
「畢竟是歷史悠久的貴族家，即使家運有些波動也是無可奈何吧？」
應該就是如此吧。
「那位第三繼承人，有可能讓卡露拉小姐脫離布洛瓦藩侯家，布洛瓦藩侯是為了向卡露拉小姐傳達這個可能性，讓她自己把握機會，才將她送來威爾這裡嗎？」
艾爾闡述自己的推論，事情大概就像他說的那樣吧。
「我也是這麼推論。」
純粹的貴族真恐怖。我實在是學不來。
「那只能趁菲利浦和克里斯多夫與他們的支持者一起留在前線的期間行動了。現在正是大好時機。」
喂喂喂，布洛瓦藩侯真的是因為想得這麼遠，才刻意放任繼承人競爭嗎？
「威德林大人，我們應該趁這個時候行動。」
以讓卡露拉小姐脫離布洛瓦藩侯家為條件，協助第三繼承人上臺。
這樣只要艾爾和卡露拉小姐進展順利，我的任務就結束了。

艾爾和卡露拉小姐相處得很融洽，所以兩人應該能夠順利交往。

「那麼，我們快點去讓那個第三繼承人當上布洛瓦藩侯，徹底解決紛爭吧。」

「贊成！卡露拉小姐，也讓我幫忙吧。」

「謝謝大家。」

我們總算決定好方針，開始準備前往布洛瓦藩侯領地。

第十一話　第三個候補繼承人

除了菲利浦和克里斯多夫以外，布洛瓦藩侯家當然還有其他候補繼承人。

為了見那個人，我們搭乘亨瑞克的小型魔導飛行船北上前往布洛瓦藩侯領地。

儘管不想太引人注目，我們還是需要護衛。因此除了我、艾爾、布蘭塔克先生、導師、薇爾瑪和卡露拉小姐等六名成員以外，我們還帶了一個叫尼可拉斯的年輕人帶路。

他以前是布洛瓦藩侯家的家臣，同時也是個機靈的年輕人，所以儘管武藝不值得期待，湯瑪斯還是選擇推薦他。他似乎也很熟悉布洛瓦藩侯領地的中心都市布洛特里希。

「因為人數不多，所以亨瑞克也要充當護衛！」

「父親，我也要參加嗎？」

「別撒嬌了！你之所以能繼續當商人，全都是託鮑麥斯特伯爵的福吧！按照常理，你本來就該在關鍵時刻挺身守護他！你應該也接受過相關的訓練！」

「我知道啦……」

「真是嚴厲的父親。」

「唉，雖然他平常就是這樣……」

亨瑞克對布蘭塔克先生露出苦笑。

導師這個親生父親就在旁邊，應該讓亨瑞克很不自在吧。雖然有導師在應該不會有什麼危險，但他還是乖乖地拿出自己的長槍。

「威爾大人，我們到了。」

「喔，是座大都市呢。」

不愧是統率東部的布洛瓦藩侯家官邸所在的中心都市，規模和熱鬧程度都不輸布雷希柏格。

亨瑞克以自己的名義讓小型魔導飛行船入港後，我們踏上布洛特里希的土地。

「威爾大人由我來守護。」

薇爾瑪站在我的右側。

「那麼，在下就站左側。」

雖然讓他們護衛是無所謂，但站在導師旁邊感覺很悶熱。

「我就當卡露拉小姐的護衛。」

雖然這麼做沒錯，但看見艾爾和卡露拉小姐邊走邊開心說話的樣子，還是讓我有點火大。

「主公大人，要先去哪裡？」

「那個第三候補繼承人的所在地。」

我告訴尼可拉斯我們要直接前往目的地。

「一下就要直接去嗎？」

「反正也沒有其他人能幫忙。現在決定勝負的關鍵就是速度。同時也是我們的優勢。」

如果真的有其他幫手，卡露拉小姐應該會告訴我們。既然她沒說，就表示贊成我的方針。

「那我們就抄小路吧。雖然認識主公大人的人應該不多，但還是慎重一點比較好。」

「亨瑞克！」

「我知道啦，父親。」

在導師的催促下，亨瑞克和尼可拉斯一起打頭陣，前往第三位候補繼承人的住所。

「卡露拉小姐，那個第三候補繼承人是個什麼樣的人？」

「他是父親的弟弟，也就是我的叔叔。」

在位於布洛特里希中心部的巨大領主館附近，有一棟民宅。

儘管規模不大，但那裡維持得非常整潔，讓我對屋主頗有好感。

「是卡露拉大人嗎？」

「是我，卡露拉。請問叔叔在嗎？」

在門口警備的士兵認識卡露拉小姐。

他連忙進屋，帶了一位看似管家的老人出來。

「卡露拉大人，您完成任務回來啦。您平安無事真是太好了。」

「一言難盡……叔叔在家嗎？」

「是的，主人因為無事可做，正感到無聊呢。畢竟領主館現在是那種狀況。」

「無事可做？我聽說父親去世了，這是真的嗎？」

「是的，那是事實。他在約一個星期前去世了。」

「這樣啊……」

儘管是令人憎恨的父親，但在聽克勞斯說了那些話後，卡露拉小姐的心情似乎也變得非常複雜。

「既然父親已經去世，那葬禮怎麼辦？」

「以目前的狀態，根本就無法做出決定。」

因為菲利浦和克里斯多夫不在，所以根本無法決定葬禮日期，據說支持那兩人的家臣們，正隔著被冷藏的布洛瓦藩侯的遺體對峙。

「許多人都無法進入領主館，導致部分政務也因此延宕……」

「真是辛苦你了，貝克納。」

「我是主人的管家，所以沒受到什麼影響。畢竟主人現在只能安分地待在家裡。話說那幾位是……失禮了，我來為各位帶路。」

看來這位叫貝克納的管家已經發現我們的真實身分。

之後他默默地帶我們進屋。

我們被帶到客廳享用紅茶，接著一位外表高雅、看起來四十來歲的男子，帶著一個推測是他兒子、年約二十歲的年輕人現身。

兩人都長得和菲利浦與克里斯多夫有點像。

「我是蓋爾德・奧斯卡・馮・布洛瓦，這是小犬……」
「我叫林海特。真是盛大的陣容呢。」
兩人似乎都知道我和導師的長相。
「蓋爾德先生是已經去世的布洛瓦藩侯的弟弟嗎？」
「雖然我們的年齡差了將近三十歲。我的狀況和鮑麥斯特伯爵大人一樣，上一代在晚年對年輕的女僕出手，然後生下了我。」
儘管年齡差距很大，但蓋爾德先生姑且還是有被認領，並獲得了不至於威脅到姪子們的地位和薪水，過著自己的生活。
按照蓋爾德先生的說明，他的兒子林海特將繼承他的地位，而他們對目前的待遇也沒什麼不滿。
「我們這邊也有收到情報，真是荒謬呢。」
「是啊。」
「那兩個人到底在做什麼？」
「簡單來講，就是想藉由拖延裁定交涉，來減少和解金的金額。他們是在等布雷希洛德藩侯屈服吧。直到布雷希洛德藩侯認為現在退讓，將心力放在開發未開發地上比較划算為止。」
「他們是看準王家絕對不會讓布洛瓦藩侯家垮臺吧。」
雖然目前或許是如此，但他們似乎無法理解要是做得太過火，王國可能會使出強硬手段的危險性。

「只要擔任喪主主持葬禮，就能證明自己是實質的下任布洛瓦藩侯。既然那兩人還沒回來，那兩人的家臣就只能隔著哥哥的遺體互相對峙。」

在古代中國，似乎還有過因為繼承糾紛導致葬禮無法舉行，害王的屍體腐爛的故事。布洛瓦藩侯或許是個不幸的人。

「應該由叔叔來舉行葬禮。」

「卡露拉，妳真的知道這代表什麼意思嗎？」

一聽見卡露拉小姐的意見，蓋爾德臉上的笑容瞬間消失。

「還有其他候補人選。」

「叔叔應該也知道，曾經放棄地位與繼承權的他們，很難再恢復繼承人的身分……」

因為那些人就是為了避免發生繼承糾紛，才會放棄地位進入分家或陪臣家，要是輕易就回來競爭當家的寶座，一定會引起很大的反彈。

「就這方面來看，叔叔仍有繼承權。」

所以才是第三候補繼承人。因為是去世的當家之弟，所以血統條件也不差。

「少亂說了，根本就沒人支持我吧。」

蓋爾德先生似乎不打算參與繼承糾紛，和菲利浦與克里斯多夫競爭。

所以沒有任何家臣關注他。對貴族而言，如果沒有家臣支持，自然就當不上當家。

「可是叔叔……」

「我對當家之位沒有興趣。適當地工作，適當地領薪水。我覺得這才是最好的生活。」

卡露拉小姐似乎認為蓋爾德先生是個非常優秀的人物，但本人的資質與希望並非總是一致。而且輕率的野心，甚至有可能招來暗殺。蓋爾德先生一直聰明地活著。

「不過藏匿印綬官海默的人，就是叔叔吧？」

「為什麼妳會這麼認為？」

咦！我根本沒聽說過這件事……可惡！看來卡露拉小姐也是隻了不起的老狐狸。

「只是我的直覺。在來到這裡之前，我聽說了很多事情，最後做出了這個結論。菲利浦哥哥和克里斯多夫哥哥都沒被父親指定為繼承人。再加上海默的失蹤。即使哥哥們展開了大規模搜索，最後還是沒有找到他，但也沒收到他離開布洛特里希的情報。既然如此……」

「或許答案意外地就在自己腳邊嗎……卡露拉，妳真是個可怕的姪女。」

我也贊成蓋爾德先生的意見。如果卡露拉小姐是男的，或許就不會發生這種繼承糾紛了。

卡露拉小姐或許是與克勞斯同等級的策士。

這項事實，讓我、導師和布蘭塔克先生都皺起眉頭。

卡露拉小姐表面上好像已經告訴我們所有的情報，但其實隱瞞了最重要的情報。

「（真不愧是卡露拉小姐。）」

艾爾為她的能力感到高興。他大概認為像卡露拉小姐那樣聰明的女性，一定能好好掌管阿尼姆家吧。就某方面來說，他還真是個大人物。或許艾爾比我還適合當貴族的當家也不一定。

「我的確藏匿了海默。因為這樣下去，菲利浦他們或許會殺掉海默奪取印綬。」

蓋爾德先生對管家貝克納使了個眼色，後者暫時走出房間，帶了一名男性回來。

幾乎和布洛瓦藩侯同年的他，似乎就是印綬官海默。

「果然是叔叔把他藏起來了。」

「對不起。因為那兩人都逼我說謊，要我告訴大家主公大人指定他們其中一人為繼承人……還說如果我不交出印綬，就要讓其他印綬官繼任……」

這裡的繼任並不是要海默辭職，而是殺了他的意思。

因為印綬官是個特殊的職位，只有領主本人能夠任命。

「就在我深感困擾時，蓋爾德大人對我伸出援手……」

之後他似乎就一直躲在這棟房子裡。

「雖然聽起來很辛苦，但布洛瓦藩侯有留下什麼關鍵的遺言嗎？如果有，很多事情都能迎刃而解……」

布蘭塔克先生是奉布雷希洛德藩侯的命令過來，他應該是認為不管由誰繼承，只要能早點讓裁定交涉結束就好。

「那個，主公大人……」

布洛瓦藩侯似乎只有嘟囔過「那兩個人都缺乏擔任領主最重要的東西」，除此之外什麼也沒講。

「領主沒有做出判斷啊……」

只要指名其中一方，就無法確定沒被指名的另一方的支持者會做出什麼事。儘管頭腦還很清楚，但臥病在床的布洛瓦藩侯無法阻止這些事情發生。為了不讓卡露拉小姐被當成聯姻的棋子利用，他命令卡露拉小姐充當祕密特使前往鮑麥斯特伯爵領地，這是為了讓我們得知蓋爾德先生也是其中一個繼承人選嗎？

這是偶然嗎？不過，印綬官海默順利地逃跑了。

「布洛瓦藩侯家在這時候出兵，也是布洛瓦藩侯本人煽動的結果嗎？」

「有這個可能。為了展示實力，貴族的新當家經常親自出征。當然，通常最後都不會真的發展成戰鬥。」

按照布蘭塔克先生的說明，親自率領諸侯軍出征，只是用來提升自身評價的一種手段。

「不需要勉強有好表現。重點在於新當家率領家臣指揮諸侯軍這項事實。結果不論平手還是怎樣都好。只要在裁定交涉時對家臣們展現強硬的態度，家臣們就會認為『新的當家真是努力，值得支持』吧？」

就像誇耀自己領土的狼群。與其為敵的對手也明白這點，所以多少都會對新當家那一方有些顧慮。

相對地，等我方下次換當家時，也要請對方關照。即使平常會為了領地與特權爭執，在這方面還是要私下合作。簡直就像是摔角的劇本。

「雖然菲利浦是長男，但他並未被正式指名為繼承人。因為太過堅持要立下與下任當家這個身分相符的功績，所以才會和岳父高德溫一起失控。至於克里斯多夫，則是打算等菲利浦立功後再搶走他的功勞。這也是他被捲入那場失控戰事的理由。」

主要的重臣和大部分的士兵都被逮捕，導致兩人最後都必須親自上前線進行交涉。

「咦？這也是布洛瓦藩侯的計策？」

「他應該沒想得這麼遠吧？頂多想到兩人會因為交涉起爭執，並被迫上前線處理吧？」

因為率領諸侯軍的重臣們也上了前線，所以現在正是拱蓋爾德先生上臺的好機會。畢竟現在的布洛瓦藩侯領地，已經沒剩多少家臣了。

「的確，現在只剩下被他們下令監視哥哥遺體的小嘍囉們，但即使我說要繼承，也不會有人跟隨，因為沒有人支持我。」

「反過來想，剩下的家臣們或許會認為只要趁現在表示支持蓋爾德先生，就能獲得不錯的地位。」

雖然只要能在紛爭中獲勝就好，但如今兩人都已經落敗，不論是王國、布雷希洛德藩侯還是我們，都已經開始懷疑那兩人是否有資格當繼承人。

儘管現在才想拉攏那些深陷派閥抗爭的人已經太晚了，但只要向其他人保證能維持現在的待遇，那些人或許會倒戈到蓋爾德派。

「這麼容易就倒戈的傢伙真的沒問題嗎？」

必須依靠那些傢伙，似乎讓布蘭塔克先生感到不太放心。

「也可以說正因為他們是這種人，所以才好駕馭。」

我覺得反倒是抱持奇怪的信念，或是瘋狂效忠那兩人的家臣比較危險。

所謂的陪臣，必須守護好自己的家，那兩人已經犯下如此嚴重的過錯，即使被捨棄也是情有可原。不對，應該說我們為那些家臣留下了這樣的退路。

「伯爵大人，你是不是在想什麼非常殘酷的計謀？」

「蓋爾德先生，請你做好覺悟。不知為何，印綬剛好也在這裡。海默大人有什麼想法嗎？」

「去世的主公大人，認為那兩人的鬥爭非常危險。雖然可能有些人會責備他對此袖手旁觀，但身為主公大人任命的印綬官，我只能遵循主公大人的判斷。就我個人來說，因為我連命都被盯上了，所以實在不想讓那兩個人當繼承人。」

海默也贊成由蓋爾德先生擔任當家。

「真是的，這樣我只能行動了吧。」

儘管不太情願，但蓋爾德先生還是贊同了我們的作戰。

「那就走吧。」

「鮑麥斯特伯爵大人，已經要行動了嗎？」

「我們的優勢就在於速度和意外性。」

既然已經擬定好計畫，那就剩下執行了。而且還要快到讓菲利浦和克里斯多夫來不及介入。

「任何人都不准進入這間領主館。」

「有貴族的客人在，把人家趕回去也太失禮了。」

我們立刻前往在布洛瓦藩侯死後，就被封鎖的領主館。

「總之這樣會讓我們很困擾！」

「我們倒是不會困擾。我們有事要辦，所以拜託讓開吧。薇爾瑪，不能使用武器喔。」

「交給我吧，威爾大人。」

雖然一部分的警衛企圖阻止我們，但薇爾瑪用她的神力空手擋下了他們。

「你們想趕走鮑麥斯特伯爵和身為王宮首席魔導師的在下嗎？實在太無禮了！」

導師的威脅，讓所有警衛都安分了下來。

「真是的！發生什麼事了！」

留在館內的家臣們因為這場騷動現身。雖然不知道他們的身分，但那些人在留守組中應該算是地位較高的一群。至於他們隸屬哪一個勢力，已經不重要了。

「蓋爾德大人，這場騷動是怎麼回事？」

「好了，有話待會兒再說。導師，麻煩你留守。」

「交給在下吧！在下事前已經得到陛下的許可！馬上舉行襲爵儀式吧。」

「你們說什麼？」

我沒回答那些人，隨便拉了約五位家臣和蓋爾德先生過來後，便直接使用「瞬間移動」。目的地是王城前方。

「您是鮑麥斯特伯爵大人吧。事情我們都已經聽說了，請進。」

在王城正門警備的士兵們似乎事前就知道我會來，因此馬上就讓我們通過。

「鮑麥斯特伯爵大人，這到底是？」

「只是單純的襲爵儀式。」

被我硬拉來的家臣們都被王城內的氣氛震懾到說不出話來。

我帶他們進入謁見廳時，陛下已經坐在寶座上等待。

「鮑麥斯特伯爵，這次真是辛苦你了。」

「還要臨時當運送業者。」

我的玩笑話，讓陛下露出微笑。

「原來如此……那開始吧。蓋爾德・奧斯卡・馮・布洛瓦。」

「是！」

「朕，赫爾穆特王國國王赫爾穆特三十七世，授予汝，蓋爾德・奧斯卡・馮・布洛瓦第三位藩侯的爵位。」

「吾之劍，將為了陛下、王國，以及人民揮舞。」

蓋爾德先生宣誓完後，陛下命令侍從拿一件披風過來。

「雖然布洛瓦藩侯家那裡應該也有件由王家賞賜並代代相傳的披風，但新布洛瓦藩侯應該也因為這次的事件承擔不少辛勞。之後或許會有人對你的繼承表示質疑。你就穿著這件披風，好好維護東部的安寧吧。」

「遵命！」

至今持續不斷的下任當家之爭突然在自己眼前落幕，讓家臣們都看傻了眼。而且最後還是由完全沒受到關注的人物繼承。不過既然已經被陛下任命，區區陪臣根本就沒資格抱怨。他們全都變得臉色蒼白。硬被我帶來這裡，應該也對他們造成很大的動搖。

「鮑麥斯特伯爵，這些人是誰？」

「是支持新布洛瓦藩侯大人的家臣。」

「這樣啊。朕不希望再繼續發生混亂。期待你們能好好支持新布洛瓦藩侯。」

「這是當然。」

「我等將團結一致，侍奉新的主公大人。」

他們也只能這樣回答。畢竟他們總不能反駁菲利浦或克里斯多夫比較適任吧。

「朕很期待。」

這樣他們無論如何都必須支持蓋爾德先生了。

雖然不知道他們原本是支持哪一邊，但那已經無關緊要了。

和蓋爾德先生一起參加過襲爵儀式的他們，已經被視為背叛者。

「那我們回去吧。」

結果襲爵儀式不到一小時就結束了。

「主公大人，首先要掌握領地內的狀況。雖然或許會出現一些反抗者，但可以直接以武力壓制。」

「雖然或許會有些無法理解狀況的反抗者，但就交給我們來處理吧。」

下定決心的蓋爾德先生急忙重新編組家臣團，掌握領地內的狀況。

被迫參加襲爵儀式的家臣們也知道要是不趕緊行動，自己就會同時被菲利浦派和克里斯多夫派當成背叛者處罰。

他們急速拉攏家臣，開始掌握領地內的狀況。

「你們看，他們很認真在工作吧？」

他們已經無法背叛蓋爾德先生。因為只要一背叛，他們就確定沒救了。

所以他們只能忠實地替蓋爾德先生工作。

「威爾大人真壞。」

「那些人也不是沒有因此獲利。」

蓋爾德先生沒有能依靠的家臣，不過只要他們在這時候好好努力，就能成為他有力的心腹。

「雖然不曉得他們原本是支持哪一邊，但既然負責留守，就表示沒什麼地位。考慮到只要現在努力就能成為重臣，他們也只能努力工作了吧。」

兩派的重要人物都已經確定會沒落，考慮到那些人之前鑄下的大錯，這也是理所當然。布洛瓦藩侯家臣團將被迫重組，這對那些負責留守的人來說反而是個機會。

「主公大人，馬上開始替上一代當家的葬禮進行準備吧。」

替去世的上一代當家舉行葬禮，也能當成繼承人的證明。

雖然菲利浦和克里斯多夫不在，但可以忽視他們。在掌握家臣們的同時，蓋爾德先生等人也急忙準備葬禮。

「蓋爾德大人是我們的新主人？」

「我才不承認這種事情！」

儘管也有家臣與其家人選擇反抗，但就算想反抗，士兵們也都因為紛爭出征，其中還有很多人已經成了俘虜。蓋爾德派馬上將他們逮捕，並一轉眼就成功掌握了領地內的狀況。

「已經從陛下那裡獲賜新的披風啦……」

「那只能承認了。」

參加前任布洛瓦藩侯葬禮的家臣們，在看見新當家穿著王國賜予的新披風，並獲得印綬官海默的支持後，便放棄反抗。他們深刻體會因為負責留守而獲得的幸運，同時宣誓效忠新當家。

「真是快如閃電。」

「這種計策，就是要趁對方還來不及思考各種事情前執行。」

「威爾大人真擅長將別人誘導到自己準備的退路。」

我和導師也參加了葬禮。薇爾瑪也借了黑色的喪服一起參加。

我們之所以參加，是為了替這場葬禮助勢。

「我絕對無法接受這種作法！」

「為什麼我丈夫不能參加葬禮！」

「明明是叛亂分子，居然替去世的主公大人舉辦葬禮！」

當然，也有人像這樣大鬧。

那就是被軟禁的前任布洛瓦藩侯的正妻，以及菲利浦和克里斯多夫的妻子們。

不過我無法同情她們。

因為她們都各自煽動那兩位候補繼承人鬥爭。

「怎麼能讓這種年輕人肆意擾亂布洛瓦藩侯家！」

其中有位老婦人特別激動，她就是前任布洛瓦藩侯的正妻。

出身名門的她滿身珠光寶氣，給人一種優雅的印象，但一生氣馬上就變成老母鬼。

「威爾大人，是老母鬼。」

「薇爾瑪將來可別變成那樣啊。」

「我會努力不變成那樣。」

她因為太疼愛自己的兒子，所以硬要支持次男克里斯多夫，結果反而讓爭執變得更加複雜，是這次繼承糾紛的戰犯。

「布洛瓦藩侯家結束了！要被突然發跡的窮鬼騎士家的八男給搶走了！」

老母鬼的發言，讓周圍的人全都僵住了。

如果是私底下也就算了，但她居然直接在我面前口出惡言。

「布洛瓦藩侯大人，那位夫人似乎因為精神過於疲勞，變得有些錯亂。」

「是的……我之後會讓她專心療養……」

老母鬼和兩人的妻子確定會先被送到王都的布洛瓦藩侯官邸，然後再轉送到教會或其他軟禁地點。

畢竟要是讓她們留在布洛瓦藩侯領地，她們一定會扯蓋爾德先生的後腿。要是她們後來成了反蓋爾德派的領導者也很麻煩，所以只能請她們退場了。

「這個女狐狸！」

「妳和妳的母親真是一個樣！妳這個欺騙窮鬼騎士的兒子，將布洛瓦藩侯家推進地獄的妓女！」

她們的矛頭也指向卡露拉小姐，但她無視那些人，專心對著前任布洛瓦藩侯的棺材祈禱。她大概正一面體會討厭的父親其實想保護自己的事實，一面為他獻上祈禱吧。艾爾則靜靜站在她的身邊。

「妳有在聽嗎？」

「請別再鬧了，這些辱罵不適合在葬禮上說。」

「區區窮鬼騎士的家臣沒資格說話！」

不論艾爾再怎麼勸阻，她們都不肯停止謾罵，最後只好讓其他家臣把她們帶走。

「卡露拉小姐……」
「雖然這樣講有點奇怪，但我早就習慣了……」
前代布洛瓦藩侯的葬禮順利結束，布洛瓦藩侯家的混亂也逐漸在新當家蓋爾德先生的治理下平復。

「威爾大人，差不多快到了。」
「和半個月前沒什麼變化呢……」
我和薇爾瑪一起從魔導飛行船觀看下面的景色，無論是進行裁定交涉的大型帳篷還是兩軍的陣地，都和我們前往赫爾塔尼亞溪谷前一模一樣。
「是這樣嗎？我倒是覺得……」
「艾爾，我們到了。」
「咦！已經到了？」
離開布洛瓦藩侯領地後，艾爾經常為了安慰卡露拉小姐找她說話。和蓋爾德先生交涉完後，已經確定卡露拉小姐將被布洛瓦藩侯家除籍，這讓艾爾更加鼓起幹勁。由於兩人談話時看起來很開心，因此莫里茲他們也開始認為艾爾或許意外地有希望。至少他們之間的身分差距已經消失了。
我們一下魔導飛行船，布雷希洛德藩侯立刻就來迎接我們。
「總算來了個有交涉權限的人。」

「我是新布洛瓦藩侯蓋爾德．奧斯卡．馮．布洛瓦。不好意思給您添了許多麻煩。」

布雷希洛德藩侯一看見披著御賜披風的蓋爾德先生，就發自內心露出鬆了口氣的表情。

「話說後來怎麼樣了？」

「他們每天都不要臉地殺價，真是煩死了。」

那兩人就只有針對這件事願意互相協調，布雷希洛德藩侯也差不多要受不了了。

「這樣啊……」

「馬上開始交涉吧。」

我們一起進入交涉用的大型帳篷，菲利浦和克里斯多夫一看見蓋爾德先生就開始騷動。

他們果然也有收到政變的消息，但似乎沒想到罪魁禍首會主動現身。

「叔叔！」

「你居然敢趁我們不在時叛亂，真是不可饒恕！做好被吊死的覺悟吧！」

雖然他們當場就想直接衝過來，但被蓋爾德先生帶來的家臣們制止。

「菲利浦、克里斯多夫，我的襲爵已經獲得王家的承認。」

「這怎麼可能！」

「怎麼算都不合理！那件披風該不會是假的吧？」

「克里斯多夫，你想說這件陛下御賜的披風是假的嗎？」

「時間上根本就來不及吧！」

克里斯多夫說的沒錯，按照正常方式，絕對不可能這麼快就完成襲爵。不過如果用的不是正常方式就不同了。

「我是委託能使用『瞬間移動』的冒險者前往王都。」

「該不會……」

「你好，我是伯爵兼會用魔法的冒險者。」

「鮑麥斯特伯爵……」

我為了讓新布洛瓦藩侯能早點完成襲爵，接受他的委託將他送到王都。這是目前的官方說法。

「我也有出席新布洛瓦藩侯的襲爵儀式。」

我從魔法袋裡拿出自己的魔導行動通訊機給他看。

「如果你還在懷疑，不如直接問陛下吧？你大可以直接問陛下『我的叔叔真的繼承了布洛瓦藩侯之位嗎？』，只是請先做好可能會被砍頭的覺悟。」

「……」

克里斯多夫一聽見我說的話，當場沮喪地垂下頭。問這種問題，等於是否定陛下的權威。區區藩侯的次男，輕易就會被砍頭。

「你這傢伙！身為貴族，你都不覺得羞恥嗎！」

菲利浦對我怒吼，但我冷靜地回答：

「都先找別人老家的碴了，難道你真的以為自己幸運到不會被還以顏色嗎？既然我已經被迫成了貴族，那就只好作為貴族行動了。」

「你還殺了我們許多家臣！」

「先打破規則的是你們吧。為了盡可能減少死者，你知道我們費了多大的苦心嗎？」

「……」

「鮑麥斯特伯爵說得沒錯。只要他有那個意思，他隨時都能用大規模的上級廣域魔法讓你們全滅。」

布雷希洛德藩侯的指摘，讓菲利浦露出尷尬的表情。

原本跟隨他的家臣，開始逐漸和他保持距離。

那些家臣應該希望新布洛瓦藩侯能趕快拯救他們吧。

克里斯多夫那裡也一樣，一旦船快沉了，乘客就會開始避難。

「你還搶走了原本是我們家資產的赫爾塔尼亞溪谷！」

「如果鮑麥斯特伯爵沒有花大錢與勞力解放赫爾塔尼亞溪谷，那裡就只是個不良債權吧？我也有收到報告，我覺得能夠順利湊齊五名優秀的魔法師和負責牽制的大軍進行作戰，才算是貴族。身為優秀軍人的菲利浦先生，為什麼要用這種奇怪的理由責備別人呢？」

「……」

布雷希洛德藩侯的指摘，再次讓菲利浦啞口無言。
「就到這裡為止吧。畢竟這兩位連參加交涉的權利都沒有。」
「說得也是。他們的處分，應該要交給布洛瓦藩侯大人發落。」
至今一直保持沉默的克奈普斯坦子爵做出最終宣告後，兩人就被蓋爾德先生帶來的士兵們逮捕。
「高德溫以下的諸侯軍幹部，在獲釋後也必須被逮捕。」
之後總算能開始進行正常的交涉。
兩邊也都差不多累了。
布雷希洛德藩侯為新布洛瓦藩侯調降了和解金的金額。
這是為了讓剛成為當家的他立下功勞，並藉此讓東部早點恢復安定吧。
這麼一來，交易也會跟著變熱絡，減少的金額也能馬上賺回來。
「總之真是累死人了……」
「我原本明明是處於只要看著文件打瞌睡，就能獲得一定薪水的夢幻立場……」
因為紛爭而蒙受巨大損失的布雷希洛德藩侯，以及因為愚蠢姪兒的失控繼承了不想要的爵位的蓋爾德先生。
兩人的確都沒得到好處。
「鮑麥斯特伯爵倒是獲得了赫爾塔尼亞溪谷這個充滿潛力的資產。」
「我也付出了相當的辛勞啊。」

「這我知道，所以請也算我一份吧。」

由於礦山技師、礦工和負責精製的技術人員都嚴重不足，因此有必要請布雷希洛德藩侯幫忙調度。

「有很多人在礦山關閉後就變得無處可去。赫爾塔尼亞溪谷應該夠開採個好幾百年吧。」

能解決失業問題，讓布雷希洛德藩侯非常開心。

「那麼，放俘虜們回去吧。」

交涉結束後，獲釋的俘虜被重新編入新布洛瓦藩侯家諸侯軍。

儘管大量重臣消失造成不少混亂，但那些想表現給新當家看的中堅階層都非常努力。高層消失反而帶動組織復興，這實在是太諷刺了。

「菲利浦大人！我不是把女兒嫁給你了嗎！」

侍從長高德溫以下的重臣們，到現在都還沒被釋放。因為他們違反了軍紀，所以之後將受到制裁。

不只他們，還有許多人預定會被減薪或降職，但那些人似乎沒有餘裕抗議，只是默默地指揮軍隊。

「他們之後會怎麼樣？」

「高德溫應該會被判死刑。他的家門也會解散。畢竟不能原諒他，而且他對布洛瓦藩侯家來說是個礙事的存在。」

必須重整營運的布洛瓦藩侯家，不需要不曉得何時會背叛又坐領高薪的重臣。

欠款增加的布洛瓦藩侯家，之後將以削減經費的名義進行裁員。

有許多人犯下就算被解散家門也不奇怪的罪狀，也有許多人將被減薪。即使如此，知道再怎麼說都比被解散家門好的他們，還是靜靜地指揮軍隊。

「大貴族真是辛苦。說不定明天就輪到我了？」

客觀來看，布洛瓦藩侯應該是個優秀的人。即使如此，他還是無法自己解決大貴族的繼承糾紛。

「雖然本來就該努力避免這種狀況，但還是有無能為力的時候。」

和布雷希洛德藩侯稍微聊了一下後，我們搭亨瑞克的小型魔導飛行船返回鮑爾柏格。

這場紛爭，讓我稍微思考了一下何謂貴族。

第十二話 紛爭結束……

紛爭總算結束，我們也恢復原本的日常生活。

「主公大人，這樣就能放心進行開發了。」

魔導飛行船的航班也恢復正常，工程也不再因為缺乏部分資材而延遲。

「紛爭才剛結束，馬上就要忙著開發啦。」

「卡特琳娜，我們之後將成為夫妻，所以一起努力進行開發吧。」

我和卡特琳娜努力施展土木魔法。

被延期的相親大會的準備，也因為羅德里希而有所進展，並預定將在三天後舉行。

「還沒到嗎……不曉得卡露拉小姐會不會早點來。」

艾爾獨自在鮑爾柏格郊外的魔導飛行船專用港，帶著鬆懈的笑容等待魔導飛行船抵達。

這是因為我們收到一直受布洛瓦藩侯家擺布的么女卡露拉小姐，要來鮑爾柏格向我們道謝的聯絡。

現在的她已經被新布洛瓦藩侯從布洛瓦藩侯家除籍，恢復了自由之身。新當家蓋爾德先生，遵守了與她的約定。

她回到王都的母親身邊，今天將重新造訪鮑爾柏格。
「她一定是來嫁給我。嗯，如果是像她那樣可靠的人，我就能放心把家交給她。」
艾爾樂到連露易絲都有點受不了他，但我心裡突然浮現一個疑問。
艾爾有向卡露拉小姐告白或求婚過嗎？
仔細想想，因為護衛任務的關係，兩人在紛爭期間經常在一起，看起來的確是有點像一對相配的情侶。
「（該不會他們兩人其實已經約定終身，今天就要宣布吧。）」
「（如果真的是這樣，那就不得了了。）」
伊娜推測卡露拉小姐這次來鮑麥斯特伯爵領地，或許是為了宣布與艾爾的婚約。被她這麼一說，我也開始覺得是這樣。
「（原來如此。難怪艾爾對相親大會沒興趣。）」
我們家有很多單身的家臣，所以將舉辦一場大規模的相親會。
湯瑪斯等舊布洛瓦組織之前非常活躍，他們在獲得參加資格後也很開心。
雖然還有其他人也很期待，但艾爾一點都不興奮。
露易絲推測是「因為他已經有卡露拉小姐，所以不需要相親」。
「像艾爾文先生這樣的重臣，不可能只娶一位妻子。」
「不過還不必急著納妾吧？他們應該想先過一陣子兩人生活？」

「有這個可能。不過真的是這樣嗎？」

卡特琳娜懷疑卡露拉小姐是不是真的有意要和艾爾結婚。

「艾莉絲小姐，卡露拉小姐有其他戀人嗎？」

「不，我沒聽過類似的傳聞……不過像她那麼漂亮的人……」

卡露拉小姐以前住在王都，是下級貴族的私生子。即使有相同立場的戀人也不奇怪。在下級或分家的貴族中，也是有人會戀愛。

「既然都特地說是來道謝，那或許她真的打算和艾爾先生結婚。」

看艾爾高興成那副德性，實在很難認為不是那樣……

他的樣子感覺十分有勝算。持反對意見的人也不多。

卡露拉小姐在紛爭期間，也經常幫忙照顧士兵。她原本是騎士爵家的女兒，所以生活水準也和艾爾差不多。她擅長弓箭，我之前有空時也曾見識過她的箭術，坦白講實在是比我好太多了。她既聰明又文武雙全，因為艾爾有點少根筋，所以她應該能成為一個支持他的好妻子。她似乎喜歡狩獵，就連興趣都和艾爾很合。身分差距這個最大的問題，也在卡露拉小姐被布洛瓦藩侯家除籍後解決了。

「她該不會是為了和艾爾結婚才除籍的吧？」

「我覺得不是這樣。」

薇爾瑪乾脆地否定這個可能性。

「她之所以想除籍，是因為覺得布洛瓦藩侯家很煩，但我不否定那兩人可能會結婚。」

就算我們不斷談論各種可能性，艾爾還是毫不在意地繼續等船抵達。他明明是個男的，卻讓我覺得有點敬佩。

「有點噁心。」

薇爾瑪還是一樣毫不留情……

「戀愛的力量真偉大？」

我也覺得可能是這樣。

「威爾，船來了。」

讓我們迫不及待的魔導飛行船準時抵達。

新官員、來魔之森探索的冒險者、離鄉工作者，以及希望移民者，許多人都搭乘加開的魔導飛行船來到鮑爾柏格。

卡露拉小姐應該也是搭這班船。艾爾睜大眼睛確認下船的人。

「好久不見了，各位。」

卡露拉小姐下船後來到我們面前。

和身為布洛瓦藩侯家之女時不同，今天的她身穿下級貴族女性的樸素衣物，但即使如此，她的美貌還是非常顯眼。

「妳在那之後過得好嗎？」

「母親的老家什麼也沒說，有種被解放的感覺。」

因為表面上是被大貴族布洛瓦藩侯家除籍的女兒，所以無法利用她進行政治聯姻的老家乾脆放任她自由行動。

「那真是太好了。那妳之後有什麼打算？」

「我要結婚。」

「結婚啊……」

「當然，對象不是鮑麥斯特伯爵大人。」

「我想也是……」

如果突然說要跟我結婚也很讓人困擾。如今她像不像我前世的女友已經無關緊要，重要的是她和艾爾的關係。最讓我在意的還是這件事情。

「（結婚……果然是要和艾爾嗎？）」

既然都特地來跟我們打招呼了。從狀況上來看，對象只有可能是艾爾……艾爾，拜託你把那張鬆懈的表情收起來。這樣本來會順利的事情也會變得不順利。

「（他有自信對象是自己嗎？）」

仔細想想，我最近似乎只要有空就會聽艾爾炫耀他和卡露拉小姐共同度過的快樂時光。從艾爾的角度來看，或許兩人感覺已經和交往差不多了。

然而艾爾從來沒提過他已經告白或和卡露拉小姐約定終身。

對此提出疑問也太不解風情，而且感覺這種事也不能問得太深入。

「（不過既然她都來到這裡了……）」

在被布洛瓦藩侯家除籍時，她似乎還收到一筆包含補償金在內的報酬，但基本上仍是貧窮貴族之女的她居然不惜支付高額的船費來這裡。

或許她真的打算和艾爾結婚。

莫非我將看見兩人宛如故事中的人物般，共結連理的光景嗎？

「恭喜妳，卡露拉小姐。」

艾爾笑著說道。

「（艾爾大概覺得對象是自己吧……）」

按照一般故事的發展，這時候應該會先說「恭喜妳」「那對方是什麼樣的人？」，卡露拉小姐將列出艾爾的特徵，最後讓艾爾發現是自己，然後兩人就此結為連理。

雖然這在地球已經是用到爛的老套劇情，但在這個世界依然非常受歡迎。

「是誰這麼幸運能和卡露拉小姐結婚啊，他是什麼樣的人？」

艾爾大概認為對象一定是自己吧。他現在依然帶著滿面的笑容，刻意詢問卡露拉小姐這些問題。

「對方比我小一歲……」

卡露拉小姐描述的結婚對象特徵，和艾爾非常類似。

髮型、頭髮的顏色、身高、年齡，以及兩人是從她開始教對方箭術後才變得親密。

「請一定要將他介紹給我們認識。」

「我知道了。親愛的。」

「咦?」

卡露拉小姐回過頭，從下船的乘客中呼喚一名少年。

那位少年的年紀和我們差不多。

而且從髮型到給人的感覺都和艾爾非常相似。

「這位是預定將與我結婚的……」

「我叫卡米爾・羅伯特・馮・普魯克。」

雖然我有股不祥的預感，但果然是其他人啊。

卡露拉小姐笑著介紹自己的未婚夫。

然而艾爾已經維持笑容僵住了。

他的大腦應該還沒跟上狀況吧。

「他是普魯克騎士爵家的三男。」

兩人都是貧窮名譽貴族家的孩子，所以從小就互相認識。

不過到了一定的年齡後，兩人只要在一起就會產生流言。

尤其是布洛瓦藩侯家非常囉唆，因此他們只好用弓箭師傅和弟子的身分欺騙周圍的人。

「因為我比他年長一歲，所以曾經教他箭術，但他現在已經比我厲害了。」

他似乎還在我之前第一戰就落敗的武藝大會的箭術項目中，漂亮地拿下優勝。

「畢竟威爾對武藝大會的結果沒興趣啊。」
反正我根本不可能得獎，所以當然沒有興趣。
「這樣不行嗎？我要是也有參加箭術項目，至少能打到第三戰……」
「威爾，這樣講太小家子氣了。」
「反正露易絲表現得很優秀，這樣不就好了嗎……」
雖然我第一戰就輸了，但我現在可是鮑麥斯特伯爵大人喔。我很了不起……開始感覺有點空虛了。
「那項成績獲得認同，之後他就被錄取為霍爾米亞藩侯家的箭術師傅，成功任官了。」
這就是所謂的「一藝在身，勝如田莊在手」啊。
即使是貧窮貴族家的三男，只要有優秀的箭術才能，還是有機會出人頭地啊。
之所以不在中央從軍，大概是因為只要能在西部霸主霍爾米亞藩侯家當官，就能成為有繼承權的陪臣吧。
「這樣啊。那真是恭喜你們了。」
儘管艾爾看起來只剩下表面還有笑容，內心已經逐漸崩壞，但總不能連我們也這樣。因此我按照常識出言祝賀。
「恭喜你們。」
曾經在紛爭期間和卡露拉小姐一起煮飯和洗衣的艾莉絲她們也跟著表達祝賀。

雖然艾爾很可憐，但卡露拉小姐並不是解除和艾爾的婚約跟別人結婚。
這時候只能坦率地祝賀他們。
「既然他的箭術這麼高超，那我們是不是該想辦法挖角他？」
這也是一種社交辭令。
即使已經斷絕關係，卡露拉小姐曾是布洛瓦藩侯家親戚的事實依然沒有改變。
她也明白這一點，所以結婚後就會搬到西部。
對身為貴族的我來說，她在這方面的敏銳可以說是幫了大忙。
「感謝各位這麼照顧卡露拉。」
和艾爾長得很像、名叫卡米爾的少年彬彬有禮地向我們道謝。
他看起來是個無可挑剔的好青年。
艾爾的臉上依然掛著僵硬的笑容。
「聽說艾爾文先生也非常關照卡露拉。」
「不，我沒做什麼大不了的事情……」
如果對方是沒常識的壞人，那或許還有救。
然而這位叫卡米爾的少年是發自內心感謝我們，並客氣地向我們道謝。
而且他和艾爾長得很像。
就連我們，都無法正確解讀艾爾現在的心境。

甚至連卡特琳娜都憐憫地看著艾爾。

「因為艾爾先生非常親切，我才能在這裡安心度日。艾爾先生和卡米爾長得很像，所以只要一和你說話，就會讓人覺得很安心。」

「那真是太好了……」

現在的艾爾，勉強只能擠出這句話。而看在旁人的眼裡，卡露拉小姐的發言比什麼都要殘酷。不過這樣就能明白，卡露拉小姐對艾爾完全不抱任何的戀愛感情。

「那個……你們接下來有什麼預定？」

再這樣下去，艾爾實在太可憐了，因此艾莉絲打斷他們，詢問兩人的預定。

「我們打算去魔之森，順便當作新婚旅行。」

「這新婚旅行感覺有點危險呢。」

「我們夫婦就是喜歡這種行程。『暴風』小姐也一樣吧？」

「妳有從霍爾米亞藩侯家那裡聽說我的事情啊？」

「因為在西部沒有人不認識『暴風』小姐。」

距離去霍爾米亞藩侯家還有段時間，所以他們似乎打算進入魔之森順便磨練箭術。

他們似乎有認識的貴族子弟在當冒險者，因此計畫要和那些人組隊，到魔之森狩獵和採集。

「帶一點土產給之後要侍奉的主人，也能給對方好印象吧。」

因為是年輕的箭術師傅，所以卡米爾似乎想稍微展示一下自己的實力，以防止和周圍的人起摩擦。

這可能是本人的想法，也可能是卡露拉小姐的意見。

卡特琳娜似乎也從卡米爾的想法中，確實地感覺到卡露拉小姐的影子。

「這樣啊，那請你們路上小心。」

以卡露拉小姐的箭術，應該是不必擔心。而且她丈夫的箭術又更厲害，應該是不會有什麼危險。

「雖然我們本來也想和各位一起狩獵……」

我們接下來要忙著準備相親大會，而他們也有他們自己的交友關係。

只能說這次實在是不湊巧。

「如果目的地是魔之森，那是要直接從這裡搭船嗎？」

從鮑爾柏格開往魔之森的小型魔導飛行船，再過不久就要開船了。

兩人似乎預定搭那班船前往魔之森。

「時間差不多了。真的非常感謝各位。」

「我們不會忘記這份恩情。」

最後他們再次向我們道謝，然後兩人便一起走向停在港口內的小型魔導飛行船。那對身影簡直就是理想中的情侶，我在心裡想著這就是所謂的現充吧。

「雖然我隱約有不祥的預感……」

「是的……」

我和艾莉絲只能如此說道。

不過身為艾爾的好友，坦白講我完全想不出有什麼方法，能將艾爾和卡露拉小姐湊成一對。

即使我命令他們結婚，那兩人也會拒絕吧。畢竟卡露拉小姐可是憑自己的意志脫離布洛瓦藩侯家的女性。

這麼一來，我就無計可施了。何況我本來就對戀愛的事情不熟。

「再怎麼說，這實在是太可憐了……」

連因為艾爾對女性的態度而和他有些隔閡的卡特琳娜，都忍不住同情帶著笑容在她面前僵住的艾爾。

「艾爾，打起精神來吧。」

「這世界上多的是女人。」

露易絲和薇爾瑪也接連安慰艾爾，但總覺得薇爾瑪的安慰方式有點問題。

「感覺艾爾整個人都失了魂呢……克勞斯，你的人生經驗比較豐富，有沒有什麼話能夠安慰他？」

在這次的紛爭大為活躍並獲得不少獎金的克勞斯，就這樣直接成了我個人的專屬智囊，我問他有沒有什麼方法能安慰艾爾。

「既然你都陪艾爾進行戀愛諮詢了，就應該要負責到底。」

「我只有建議他最好努力消除他和卡露拉大人之間的身分差距……」

「只有這樣啊……作為人生的前輩，難道你就不能給他一點意見嗎？」
「說得也是。艾爾文先生，人生本來是起起伏伏。女人這種東西啊，就像星星的數量那麼多……」
「那個……」
雖然講得比較有禮貌，但基本上內容和薇爾瑪說的差不多。
「克勞斯，就不能再說點其他的嗎？」
「威德林大人，除了去世的妻子以外，我沒有愛過其他人……所以也沒有失戀的經驗。」
「這其實是在自誇吧？」
「威德林大人有五名未婚妻，想必應該是經驗豐富？」
「我們又不是因為戀愛認識。」
「話雖如此，但您似乎每天都過得很快樂……」
「不行嗎？」
「不不不，家門繁榮是件重要的事情。」
「威爾，現在不是鬥嘴的時候。艾爾看起來已經連魂都飛了……」
我在伊娜的提醒下看向艾爾，他似乎正在碎念些什麼。
「『我是為了艾爾先生才脫離布洛瓦藩侯家。雖然我只是貧窮騎士家的私生子，但艾爾先生願意接受我嗎？』『即使找遍全世界，也找不到其他像妳這麼棒的女性。我的眼裡只有妳一個人。』『我好高興，艾爾先生。我也對艾爾先生……』『卡露拉小姐……不，卡露拉！』『艾爾先生，親愛的。』」

「喂——！艾爾，快點回到現實啊！」

艾爾獨自嘟囔著要是自己和卡露拉小姐在一起可能會進行的對話。他在念卡露拉小姐的臺詞時還刻意使用假聲，這微妙的執著讓人感到悲傷。

「『卡露拉，快點和威爾商量，決定婚禮的日期吧。我這次就不參加相親大會了。我想過一段只有我們兩人的生活。』」

「威爾，快想點辦法！艾爾壞得愈來愈嚴重了！」

「振作點啊。」

露易絲和薇爾瑪努力向艾爾搭話，想將已經完全到另一個世界的他拉回來，但毫無效果。

「艾莉絲小姐，可以用治癒魔法治療他嗎？」

「不，我沒聽說過這種案例……」

表示自己無能為力的艾莉絲，也露出放棄的表情。卡特琳娜也對艾爾錯亂的樣子感到動搖。

「艾爾——！你被甩了！快點回到現實世界吧——！」

雖然我們之後試了各式各樣的方法，但還是花了很長一段時間才讓艾爾恢復正常。

角色設定
草稿
Character rough

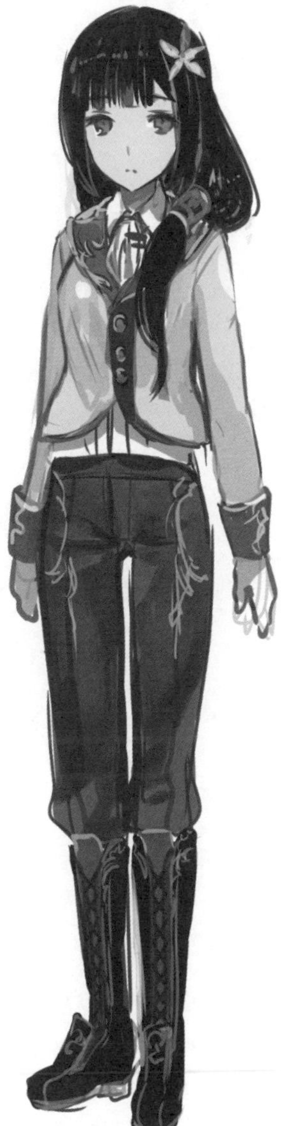

卡露拉．馮．布洛瓦

Kadokawa Light Novels

轉生成蜘蛛又怎樣！ 1 待續

Kadokawa Fantastic Novels

作者：馬場翁　插畫：輝竜司

「成為小說家吧」2015年第1名！
女子高中生轉生成蜘蛛的異世界求生物語！

高中女生的「我」居然在不知不覺間來到未知之地，還轉生成「蜘蛛」怪物了!?雖然成功逃離喜歡同類相食的蜘蛛父母，卻不小心闖進怪物們的巢穴，只是一隻小蜘蛛的「我」有辦法存活嗎……開玩笑也該有個限度吧！造成這種狀況的元凶快給我滾出來——！

NT$240/HK$75

台灣角川

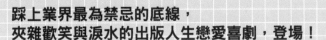

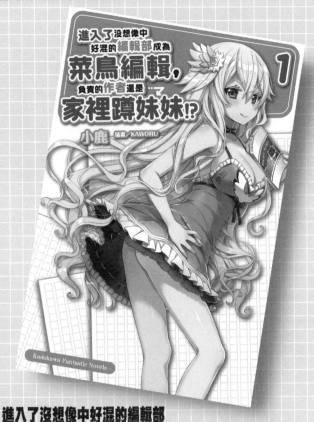

Kadokawa Light Novels

千年樹的輪轉之詩

Kadokawa Fantastic Novels

作者：月亮熊　插畫：SIBYL

隱身在表面世界之下，
暗潮洶湧的現代魔法戰爭！

伴隨著魔法儀式，原本只是一支木製魔杖的我，就這樣成了有血有肉能說話的「人類」！不但被少女視作研究對象，甚至還得學習如何當她爸!?更詭異的是，魔法師竟然都對我「很感興趣」……難道是因為，我擁有顛覆一切魔法概念的關鍵力量——!?

台灣角川

NT$240/HK$75

國家圖書館出版品預行編目(CIP)資料

八男?別鬧了! / Y.A作 ; 李文軒譯. -- 初版. --
臺北市 : 臺灣角川, 2016.07-
冊 ; 公分
譯自 : 八男って、それはないでしょう!
ISBN 978-986-473-065-0(第4冊 : 平裝). --
ISBN 978-986-473-066-7(第5冊 : 平裝). --
ISBN 978-986-473-374-3(第6冊 : 平裝) . --
ISBN 978-986-473-484-9(第7冊 : 平裝)

861.57 105003273

Kadokawa Fantastic Novels

八男？別鬧了！ 7

（原著名：八男って、それはないでしょう！7）

2017年1月12日　初版第1刷發行

作　者：Y・A
插　畫：藤ちょこ
譯　者：李文軒

發行人：成田聖
總編輯：蔡佩芬
主　編：吳欣怡
文字編輯：黎夢萍
資深設計指導：黃珮君
美術設計：黃永漢
印　務：李明修（主任）、張加恩、黎宇凡、潘尚琪

發行所：台灣角川股份有限公司
地　址：105台北市光復北路11巷44號5樓
電　話：（02）2747-2433
傳　真：（02）2747-2558
網　址：http://www.kadokawa.com.tw
劃撥帳戶：台灣角川股份有限公司
劃撥帳號：19487412
法律顧問：寰瀛法律事務所
製　版：巨茂科技印刷有限公司
ＩＳＢＮ：978-986-473-484-9
香港代理：香港角川有限公司
地　址：香港新界葵涌興芳路223號
新都會廣場第2座17樓 1701-02A室
電　話：（852）3653-2888